CHAMPÊTRES

ou

FLEURS DU VAL D'AMOUR

par

PERRET DE GERMIGNEY

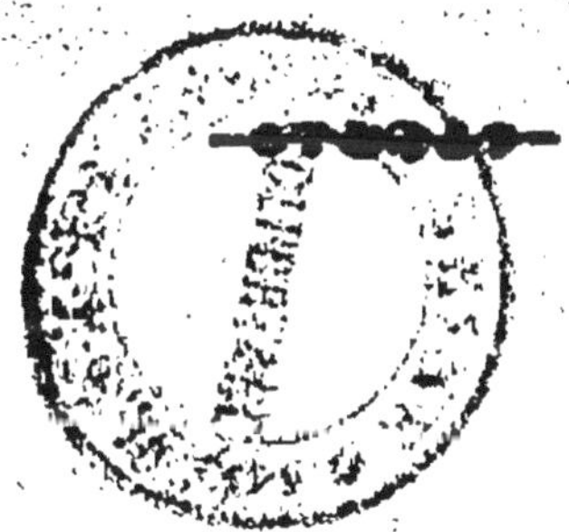

PARIS

RENAULT ET Cⁱᵉ, LIBRAIRES-ÉDITEURS

48, RUE D'ULM, 48

1865

ECHOS CHAMPÊTRES

OU

FLEURS DU VAL D'AMOUR

PAR

PERRET DE GERMIGNEY

PARIS

RENAULT ET Cie, LIBRAIRES-EDITEURS

48, RUE D'ULM, 48

1865

Imprimé par Charles Noblet, rue Soufflot, 18.

FLEURS DU VAL D'AMOUR

LES VACANCES.

Air: *C'en est donc fait loin du beau sol de France.*

Il est venu le temps des promenades !
Au fond des bois je vais aller rêver.
Je vais revoir vallons, monts et cascades,
Que de plaisirs purs je vais éprouver !
Ces jours me vont rappeler mon enfance,
Ce temps heureux, cet âge de bonheur,
Où chaque instant offre une jouissance,
Où l'on est gai même au sein du malheur.

Oh ! revenez, doux charme du jeune âge,
Pour quelques jours dissiper mes chagrins !
L'automne approche et jaunit le feuillage,
Je vais au bois rimer de gais refrains.
J'aime ce temps du deuil de la nature :
Arbres jaunis, vous plaisez à mon cœur.
Je m'aime assis au bord d'une onde pure,
Seul et pensif loin du monde moqueur.

Salut à vous, attrayantes campagnes,
Objet constant de mes constants amours ;
Salut, forêts, coteaux, vallons, montagnes !
Vous m'allez voir de ce mois tous les jours·

L'histoire en main, couché sous vos ombrages,
En méditant sur le sort des humains,
Et remontant les échelons des âges,
Vous me verrez gémir sur leurs destins

Combien d'amants, ici, belle fontaine,
Se sont assis qui n'y reviendront plus !
Combien aussi de vierges dans la plaine
Ont secoué le joug de leurs vertus !
Tous ils nous ont abandonné la place
Qu'à nos neveux nous céderons demain :
De leur passage on ne voit plus la trace...
Oh ! qu'il fut court, ici-bas, leur chemin !

Dans le passé quand plonge ma pensée,
Des conquérants quand je lis les exploits,
Je dis tout bas dans mon âme oppressée :
« Tout passe et meurt, les peuples et les rois. »
Ce vieux soleil, hier qui nous vit naître,
Et qui nous sert aujourd'hui de flambeau,
A son retour, hélas ! demain peut-être,
Brillera-t-il sur notre froid tombeau !

Qu'il éclaira de sanglantes batailles,
Depuis que Dieu le lança dans les cieux !
De Troie il vit renverser les murailles....
Qu'il vit tomber de guerriers en ces lieux !
Il fut témoin des courses d'Alexandre,
Au mont Cenis il servait Annibal ;
Du même éclat il brille sur leur cendre :
Dans le cercueil l'homme à l'homme est égal.

A chaque aurore il voit changer de face

Ce globe étroit que nous nous disputons,
Cet amas d'eau, de poussière et de glace,
Où quelques jours à peine nous restons.
C'est que tout s'use et vieillit en ce monde
Et que lui-même un jour sur son déclin,
En nous plongeant dans une nuit profonde,
Il sera sourd à la voix du matin.

Quels noirs pensers, ô douce solitude !
Viennent en foule assiéger mes esprits !
J'en ai le cœur rempli d'inquiétude :
Mon âme est prête à jeter les hauts cris.
C'est que je dois, pauvre oiseau de passage
(Hélas ! tel est mon misérable sort),
Te dire adieu, quitter ce beau rivage :
Un jour je dois descendre à l'autre bord.

CONSTANCE DE L'EXILÉ.

A IRZA.

AIR : *Jeté sur cette boule.*

Sur la rive africaine,
Lorsque, pauvre exilé,
J'errais avec ma peine,
Pensif et désolé,
Rêvant de ma patrie,
Aux déchirants adieux
De ma mère chérie,
Des pleurs mouillaient mes yeux.

Quand aux déserts du Maure
Je traînais mes douleurs,
Sous un vieux sycomore
Quand je versais des pleurs,
Une jeune créole
Vers moi venait s'asseoir,
Et sa douce parole
Charmait mon désespoir.

Mais loin de la chaumière
Où j'ai reçu le jour,
Dédaignant sa prière
Je fuyais son amour :
De mon Irza chérie
Le puissant souvenir
Berçait toujours ma vie
D'un heureux avenir.

PEINES D'IRZA.

Air : *Adieu, Médor, adieu, mon pauvre chien.*

Depuis longtemps mon humide paupière
Ne connaît plus les douceurs du sommeil :
Souffrant au cœur, ma couche solitaire
Plus ne me voit joyeuse à mon réveil.
Un fol amour empoisonne ma vie,
Mon pauvre cœur s'éteint dans les douleurs;
Il a changé ma route, si fleurie,
En un sentier de tourments et de pleurs.

Souvent, la nuit, inquiète, éperdue,
Mon lit reçoit mes sanglots, mes soupirs,
Et je me dis tout bas et l'âme émue :
J'ai tout perdu, mon repos, mes plaisirs.
Et cependant ici mon cœur appelle
L'objet si cher de mon ardent amour ;
C'est qu'il me plaît et qu'il revient fidèle,
Qu'il m'a juré de m'aimer sans retour.

Noble de traits, d'âme et de caractère,
Aurais-je pu m'empêcher de l'aimer ?
Un cœur si bon, si grand et si sincère
N'est-il pas fait pour plaire et pour charmer ?
Oui, je l'adore et je sais qu'il m'estime,
Toujours mon cœur brûle de le revoir ;
Ah ! notre amour est saint, noble, sublime !
Pourquoi faut-il qu'il reste sans espoir ?

TRIBULATIONS.

AIR : *Une jeune bergère.*

Au bord d'une onde pure,
Je mêle mes sanglots
Au paisible murmure
Qui s'échappe des flots ;
Je nourris ma pensée
De chagrin, de douleur,
Et mon âme oppressée
Gémit sur mon malheur.

L'hiver, sous son ciel sombre,
La neige et les autans
M'ont vu traîner dans l'ombre
Ma peine et mes tourments.
Du ruisseau solitaire
En suivant un détour,
Je contais ma misère
Aux échos d'alentour.

Des fleurs de sa corbeille
Quand Flore orna nos champs ;
Quand, doux à mon oreille,
L'oiseau siffla ses chants,
Toujours dans la souffrance
S'écoulèrent mes jours :
De ma triste existence
Rien ne changea le cours.

Quand Cérès dans nos plaines
Faisait mûrir ses dons,
Encore avec mes peines
J'admirais les moissons.
Sur les gerbes nouvelles,
Pour oublier mes maux,
Des jeunes pastourelles
Je suivais les travaux.

Des joyeuses vendanges
On vient d'ouvrir les bans,
Et vers Dieu des louanges
Monte le pur encens ;
D'aimables vendangeuses,
Sur les riants coteaux,

Les voix mélodieuses
Chantent des airs nouveaux.

Des trésors de Pomone
On goûte la douceur,
Les doux soleils d'automne
Font renaître au bonheur ;
Mais je gémis encore
Sur mes cuisants malheurs,
En attendant l'aurore
De jours pour moi meilleurs.

UN NOM.

A IRZA.

AIR *de la lectrice.*

Un seul nom sur la terre
Fait palpiter mon cœur ;
C'est un nom de mystère,
C'est un nom de bonheur.
Oui, c'est le nom d'un ange,
Mais d'un ange d'amour ;
Je chante à sa louange
Un hymne chaque jour.

Le soir, j'y pense encore,
Il charme mon sommeil ;
C'est lui qui, dès l'aurore,
Embellit mon réveil.

1.

Aussi, dans ma prière,
Je le mêle souvent :
Il me rend l'âme fière,
Il rend mon cœur content.

Mais c'est chose sacrée
Que le nom gracieux
De la fleur adorée
Qu'il rappelle à mes yeux :
Il a pour sanctuaire
Le centre de mon cœur ;
C'est ce nom sur la terre
Qui fait tout mon bonheur.

SOIS A MOI.

A MADEMOISELLE DE C...

AIR : *Viens, belle nuit.*

Aime-moi donc, charmante Pélagie,
Sans ton amour je serais malheureux :
Sois mon bonheur, mon idole et ma vie !
Ecoute, enfin, mes soupirs amoureux.
Ta fine main, ton gracieux sourire
Ont, dès longtemps, mis mon cœur en émoi ;
Il en est temps, fais cesser mon martyre ;
Ange du ciel, je t'aime, sois à moi !

Tes blonds cheveux, quand ma main les dénoue,
Qu'en longs anneaux ils flottent sur ton sein ;

Quand de baisers je colore ta joue,
Quand dans ma main je sens trembler ta main,
Je suis plongé dans un heureux délire ;
Mais vainement j'attends un mot de toi :
Il en est temps, fais cesser mon martyre ;
Ange du ciel, je t'aime, sois à moi.

Souvent la nuit, je te vois dans mes songes,
Belle d'amour, ivre de volupté,
Me prodiguer, dans ces divins mensonges,
Les plus secrets trésors de ta beauté.
Vient le réveil : je gémis, je soupire
De n'avoir pas ta tendresse et ta foi.
Il en est temps, fais cesser mon martyre ;
Ange du ciel, je t'aime, sois à moi.

Ah ! si je peux un jour toucher ton âme,
Et si ton cœur peut répondre à mon cœur,
En vers de feu je veux peindre ma flamme
Et célébrer ton nom et mon bonheur...
Tu me souris, ton doux regard m'inspire,
Mon luth joyeux va chanter sous ta loi.
Plus de chagrins, pour moi plus de martyre ;
L'ange du ciel pour toujours est à moi.

REVIENS.

A IRZA.

AIR *de la Juive.*

Aimable Irza, que ton absence
Trouble le charme de mes jours !

Reviens, car ta douce présence
Peut seule en embellir le cours.
Comme l'hirondelle légère
Revient à la voix du printemps,
Reviens, bel ange, à ma prière
Et ne nous quitte de longtemps !

Hélas ! que mon beau ciel te pleure,
O blanche étoile du matin !
En brillant loin de ta demeure
Tu remplis mon cœur de chagrin.
Reviens embellir le rivage
Que ton départ couvre de deuil ;
Reviens au sein de ton village
De tes amis goûter l'accueil.

Quel vide a causé ton absence !
Empresse-toi de revenir :
Ici, sans toi, tout est silence,
Ne pas te voir, c'est trop souffrir.
O rose éblouissante et pure
Dont j'aime à savourer l'odeur,
Reviens puisqu'ici la nature,
Sans toi, ne dit rien à mon cœur.

IL FAUT DU CHANGEMENT.

AIR : *Dans un grenier qu'on est bien à vingt ans.*

Zelma m'a fui, je l'aimais, c'est dommage !
Pendant trois ans j'ai captivé son cœur ;

Mais en amour ellé est un peu volage ;
Je l'oublîrai sans sécher de douleur.
J'irai ce soir auprès de Clémentine
Me consoler de ce petit tourment ;
Les jours suivants, j'aurai Lise et Phrosine ;
Car en amour il faut du changement.

Son front charmant, sa blonde chevelure,
Son œil d'azur, par l'amour éclairé,
Son teint rosé, sa céleste figure,
Ses nobles traits m'ont souvent inspiré ;
Mais Lise est brune, elle est sensible et belle,
Tout cœur, amour, esprit et sentiment :
A ses genoux j'oublîrai l'infidèle ;
Car en amour il faut du changement.

J'eus bien ma part de sa vive tendresse,
De ses baisers si lascifs et si doux ;
Aux rendez-vous j'eus ses transports d'ivresse ;
Chacun son tour, je ne suis point jaloux ;
Mais n'ai-je pas la sémillante rose,
Au frais minois, au regard provoquant ;
J'oublîrai tout sur ses lèvres de rose ;
Car en amour il faut du changement.

TOURMENTS DE LÉNORA.

Air *des Feuilles mortes.*

Ne m'aimerais-tu pas, toi pour qui je soupire ?
Tu restes insensible à mes transports d'amour,

Et c'est toi, cependant, qui causes mon délire,
C'est à toi que mon cœur s'est donné sans retour.
Quand je te vois j'existe, et mon âme ravie
Jouit d'un bien si doux qu'il ne s'exprime pas.
S'il me faut, ô mon Dieu ! sans lui passer ma vie,
Daigne me rappeler dans la nuit du trépas.

Quand le printemps nous rend la légère hirondelle,
Les caressants zéphirs, les beaux jours et les fleurs ;
Quand j'entends dans les bois l'aimante tourterelle
Soupirer ses amours, ou chanter ses douleurs,
Alors, mon bien-aimé, seul, de ma rêverie
Tu fais l'unique objet, et je me dis tout bas :
S'il me faut, ô mon Dieu ! sans lui passer ma vie,
Daigne me rappeler dans la nuit du trépas !

Tu m'as déjà causé de funestes alarmes,
Oh ! que d'amers sanglots j'étouffe dans mon cœur !
Et, cependant, d'un mot tu peux sécher mes larmes ;
Mais tu ne le dis pas et voilà mon malheur.
Oui, je l'espère en vain de ta bouche chérie,
Ce mot divin : Je t'aime ! Il ne t'échappe pas...
S'il me faut, ô mon Dieu ! sans lui passer ma vie,
Daigne me rappeler dans la nuit du trépas !

Une autre, on me l'a dit, aurait ta préférence ;
Mes larmes, mes soupirs n'auraient que ton mépris.
D'un mot change en plaisir mes doutes, ma souffrance ;
A la vie, à l'amour rappelle mes esprits.
Quoi !... tu ne réponds pas ?... ma peine est infinie...
Ciel ! il n'est plus pour moi de bonheur ici-bas.
Puisqu'il me faut, mon Dieu ! sans lui passer ma vie,
Daigne me rappeler dans la nuit du trépas !

JE N'AI PLUS QU'A MOURIR.

AIR: *Si le bon Dieu faisait parler les fleurs.*

Il est parti! ma douleur est amère,
Il est parti! je ne le verrai plus!...
Brisé d'amour, mon cœur se désespère.
Je me consume en regrets superflus.
Rien ne saurait pallier ma souffrance,
Mon cœur blessé ne saurait en guérir,
Point ne pourrai supporter son absence;
Sans lui, mon Dieu! je n'ai plus qu'à mourir!

Je crois encore ici le voir, entendre
Les mots d'amour qui coulaient de sa voix;
Je me surprends chaque instant à l'attendre
Où je le vis s'égayer tant de fois.
Mais, c'en est fait, je n'ai plus l'espérance
Un jour ici de le voir revenir.
Point ne pourrai supporter son absence:
Sans lui, mon Dieu! je n'ai plus qu'à mourir!

Depuis le jour où, quittant ce rivage,
Il m'a laissée en proie à ma douleur,
Tout me déplaît sur cette triste plage,
Son prompt départ a foudroyé mon cœur.
Autour de moi tout est deuil et silence,
Le jour la nuit, je ne fais que gémir.
Point ne pourrai supporter son absence;
Sans lui, mon Dieu! je n'ai plus qu'à mourir!

LE PORTRAIT.

A IRZA.

Air : *L'hiver redouble ses ravages.*

Tu veux, pour toi, que je compose,
O mon Irza! quelques couplets ;
Ce plaisir que l'amour m'impose
Serait pour moi des plus complets,
Si je pouvais en vers de flamme
Te reproduire trait pour trait,
Si je pouvais de ta belle âme
Tracer le fidèle portrait.

Dirai-je que ta voix vibrante
Est le doux écho de ton cœur,
Que ta main pure et caressante
A de la neige la blancheur ?
Peindrai-je ce divin sourire
Où se reflète la bonté ?
On adore, on ne peut décrire
Ton incomparable beauté.

De cette taille d'immortelle
Vais-je chanter la majesté ?
Dire que mes bras autour d'elle
Se courbent avec volupté ?
De ce sein que l'amour soulève,
Dirai-je les charmants contours ?

Qu'en me plongeant dans un doux rêve
Il fait un appel aux amours?

De ton regard, rayon céleste,
Dirai-je: « Il a les feux du jour, »
Et que ton pied mignon et leste
Porte une jambe faite au tour?
Ou que ta bouche, à demi close,
Qu'un doux sourire épanouit,
A l'éclat brillant de la rose
Que le frais zéphir réjouit ?

Dirai-je encor que ta jeunesse
Est celle du fils de Cypris?
Que tu fais naître l'allégresse,
Les jeux, l'amour, les joyeux ris ?
Peindrai-je ton divin visage,
Tes grâces, tes nombreux appas ?
Non. Je n'en dis pas davantage :
Tant de beauté ne se peint pas.

LOIN D'ELLE.

Air : *Allons, Français, jetons un cri de gloire.*

Aimable Irza, douce et constante amie,
Ton souvenir me bercera toujours ;
Astre éclatant qui brille sur ma vie,
Je t'aimerai jusqu'à mes derniers jours.
Malgré l'affreux revers qui nous accable,
Montrons-nous grands contre les coups du sort ;

Oui, tu seras mon amante adorable
    Jusqu'à la mort !

Que de sanglots je dévore en silence !
Quels pleurs amers je refoule en mon cœur !
Je me nourris des tourments de l'absence :
Ma vie, hélas ! s'éteint dans la douleur.
O mon Irza ! la triste destinée
Sème nos jours de chagrin et de deuil ;
Mais veux t'aimer, amante infortunée,
    Jusqu'au cercueil.

En espérant luttons avec courage ;
Après l'hiver revient le doux printemps.
Sans murmurer laissons gronder l'orage ;
Après la pluie on revoit le beau temps.
Le ciel, Irza, pour nous, dans sa clémence,
Sans doute aura des jours moins en courroux.
Ah ! d'espérer un terme à sa souffrance
    Il est si doux !

LA PAYSANNE ET SON ENFANT.

Air *de Velléda.*

Les jours sont froids, les nuits longues et sombres :
Le vent du nord souffle son chant plaintif,
Tiens-toi tranquille en regardant les ombres ;
Dors sur mon sein, petit veilleur tardif.
Au doux sommeil tout se livre à cette heure,
Et le repos règne en notre séjour :

Tout dort, enfant, sous cette humble demeure,
Excepté toi, mon cher petit amour.

Sur le foyer, vois, le chat dort paisible,
Et des grillons on n'entend plus les cris ;
Dans le silence, un seul bruit est sensible :
Celui du bois que ronge la souris.
Au doux sommeil tout se livre à cette heure,
Et le repos règne en notre séjour :
Tout dort, enfant, sous cette humble demeure,
Excepté toi, mon cher petit amour.

Allons, ami, ne suis plus la lumière
Qui luit si belle au fond du firmament ;
C'est la lune. Il faut fermer ta paupière ;
Viens sur mon cœur dormir bien doucement.
Assez longtemps pour toi ta mère veille,
O mon chéri ! demain il fera jour ;
Jusqu'au matin, dors, que rien ne t'éveille :
Dors sur mon sein, mon cher petit amour.

LE MOUCHOIR.

A IRZA.

AIR : *Minuit, chrétien (A. Adam).*

Il vient de toi ce mouchoir où tes larmes
Ont de mon âme imprimé la rigueur ;
Il vient de toi, car il est plein de charmes,
Avec délice il fait battre mon cœur.

Ne le crains point, une main étrangère
Jamais, Irza, ne le profanera.
Jamais non plus sur sa toile légère
Aucun regard ne se reposera.

Il restera dans l'ombre du mystère,
En me berçant d'un touchant souvenir.
Gage sacré d'une amitié sincère,
Il me présage un heureux avenir.
Et chaque soir, quand la cloche sonore
Vient annoncer la fin d'un nouveau jour,
Le blanc mouchoir de celle que j'adore
Contre mon cœur est mis avec amour.

Il me rappelle un instant d'allégresse
Vite écoulé sous un dais d'arbres verts,
Instant fécond en aveux pleins d'ivresse,
Où, près d'Irza, j'oubliais l'univers,
En le voyant je pense au frais feuillage
Qui déroba nos transports aux jaloux :
Au soir des ans, lorsque je serai sage,
Ce souvenir encor me sera doux.

ESTELLE.

Air *de la Chevalerie.*

« Lorsque le ciel étend son voile
Sur tous ces lieux,
Que je vois la première étoile
Briller aux cieux,

Au fond d'un bosquet solitaire,
   Seule et sans bruit,
Je me glisse comme un mystère
   Pendant la nuit.

« Je viens sous son épais feuillage,
   Bien tristement,
Redemander la noble image
   De mon amant.
Depuis huit jours il me délaisse
   Et c'est en vain
Que vient l'attendre ma tendresse
   Sur ce chemin.

« Qu'ai-je donc fait pour lui déplaire ?
   Je l'aimais tant !...
Il sait si mon cœur est sincère,
   S'il est constant !...
Jeune, belle et riche, adorée,
   Plus d'un seigneur
M'a de son amour entourée :
   A lui mon cœur.

« S'il savait combien son absence
   Me fait souffrir,
Il reviendrait par sa présence
   Me réjouir !
S'il savait combien je l'adore,
   Je le chéris,
Il reviendrait me voir encore
   Sous ces abris.

« Ah ! je le vois, une autre belle
   L'a su charmer,

Mais nulle mieux que son Estelle
   Ne peut l'aimer.
Il était, mon Dieu, mon idole,
   Roi de mon cœur ;
Il me quitte, avec lui s'envole
   Tout mon bonheur.

« Malgré sa dure indifférence
   Et sa rigueur, .
Je lui pardonne ma souffrance
   Et ma douleur.
Puis-je survivre à son outrage,
   A mes amours ?
Non ! j'irai dans un lieu sauvage
   Finir mes jours. »

Aux froids échos de la vallée,
   La pauvre enfant
Se plaignait ainsi désolée
   De son amant,
Quand tout à coup, dans la nuit sombre,
   Elle aperçut
Vers elle s'approcher une ombre
   Qu'elle connut.

C'est l'amant chéri qu'elle pleure
   Sous ces ormeaux !...
Un frisson de bonheur l'effleure
   A ces doux mots :
« J'ai huit jours éprouvé ton zèle,
   Ange des cieux ;
Je t'adore, tu m'es fidèle ;
   Soyons heureux.

Viens sur mon cœur, charmante Estelle,
    Toi, mes amours !
Y couler, ô ma toute belle !
    De longs beaux jours.
Demain, quand la naissante aurore
    Luira pour nous,
Je serai, vierge que j'implore,
    Ton jeune époux. »

CE QU'ON M'A DIT.

Air :

« Notre gros p....teur
Est un très-bon enfant, fanfan, fanfette ;
    Silène, moins l'humeur,
Il se met très-sou...vent rond et *briquette*.
    Alors le feu des pots
Lui brouille le cerveau, le rend malade,
    Il vous dit de gros mots
Si vous trouvez qu'il fait mal la salade.

« Pour un rien après vous
Il se fâche plus blanc qu'une serviette,
    Et dans son grand courroux,
Il vous peut d'un bocal casser la tête ;
    Ses formidables poings
Voilà les arguments qu'il vous oppose :
    C'est toujours en deux points
Qu'avec vous il voudra traiter la chose. »

Oui, c'est un vrai vivant,
Il est pétri d'esprit, *Elyonore!*...
Il est poli, savant;
On en dirait de lui bien plus encore...
Mais c'en est bien assez,
Qu'en dites-vous? sur sa noble personne;
Et vous le connaissez
Tout comme du pays chaque friponne.

QUAND PRENDRAI-JE MA VOLÉE?

DÉDIÉE A MES AMIS DE SAINT-JULIEN.

AIR : *Ah! prends plutôt un petit voltigeur.*

Quand le brouillard obscurcit les montagnes,
Que l'on ne voit qu'à dix pas devant soi,
Mon cœur meurtri regrette vos campagnes
Où le soleil brille sur chaque toit.
Je te maudis, ô plage désolée!
Sombre séjour de tristesse et de deuil,
Ah! quand, joyeux, prendrai-je ma volée
Pour saluer votre bien-aimé seuil?

Je pleure encor vos gracieux villages,
Vos gais coteaux, vos vallons enchanteurs;
Je suis ici perdu dans les nuages,
Gelé, transi, respiran leurs vapeurs.

Dans ce désert regrettant ma vallée,
Découragé, je dis la larme à l'œil : .
Ah ! quand, joyeux, prendrai-je ma volée
Pour saluer votre bien-aimé seuil ?

Sombres rochers aux cimes menaçantes,
Vents déchaînés hurlant au fond des bois,
Affreux ravins, cascades mugissantes,
Ici c'est tout ce que j'entends et vois.
Où de mon ciel est la voûte étoilée
Qui des méchants confond le fol orgueil ?
Ah ! quand, joyeux, prendrai-je ma volée
Pour saluer votre bien-aimé seuil ?

Dans mon désert, amis, je vous regrette,
Vous, pensez-vous toujours à l'exilé ?
De Montanet quand j'ai perdu le faîte,
Tout mon bonheur, hélas ! s'est envolé !
Mais si ma paix par deux sots fut troublée,
En dépit d'eux je braverai l'écueil.
Ah ! quand, joyeux, prendrai-je ma volée
Pour saluer votre bien-aimé seuil ?

Charmants oiseaux, quittez ces froids bocages,
Libres, volez vers des bords plus heureux ;
A mes amis, laissés sur d'autres plages,
Oiseaux, portez mon amour et mes vœux.
Dites-leur bien que, l'âme consolée,
Un jour j'irai goûter leur doux accueil ;
Que, tout joyeux, je prendrai ma volée,
Pour saluer le tant bien-aimé seuil.

CRINOLINES.

Mesdames, eh ! pourquoi tous ces vains entourages,
Tous ces cerceaux d'acier gênants et superflus ?
Pourquoi vous obstiner à promener des cages
Où dès longtemps, hélas ! les oiseaux ne sont plus ?

LE TOIT D'IRZA.

AIR : *Soleil si doux.*

Vois-tu là-bas, s'étendant dans la plaine,
Ce beau village avec son blanc clocher ?
Vois-tu ce toit qu'on aperçoit à peine,
Teint du soleil brillant qui va coucher ?
Là sont mes vœux, là sont mes espérances ;
Là brille aimé l'ange de mon bonheur :
Ami, c'est là qu'endormant mes souffrances,
Mon séraphin dérida ma douleur.

Que de ce toit j'ai douce souvenance !
Qu'avec plaisir s'y réposent mes yeux !
Là de l'amour j'ai subi la puissance ;
Que de beaux jours j'ai coulés dans ces lieux !
Mais n'y vais plus depuis un jour d'orage
Idolâtrer la perle de mon cœur.
Pour nos amours quel pénible veuvage !
Beaux jours perdus, vous faites mon malheur.

Je vois d'ici les chambres adorées
Où j'ai reçu les plus tendres aveux ;

Où nous usions d'enivrantes soirées
Sans nous douter que nous étions heureux.
Je ne sais rien de mon Irza chérie ;
Dans la douleur je coule chaque jour :
Tout est silence où tout n'était que vie,
Tout est tristesse où tout n'était qu'amour !...

Quand le printemps fleurira les parterres,
Quand les zéphirs reviendront caressants,
Quand les bergers dans les bois solitaires
Reconduiront leurs troupeaux mugissants,
Retournerai-je aux lieux où ma présence
A dû laisser plus d'un doux souvenir ?
Non, car ce toit repousse l'espérance,
O mes amours ! qu'allez-vous devenir ?

Oui, je le vois, le bonheur sur la terre
Est un nuage emporté par les vents :
Ombre furtive ou bien songe éphémère
Et que remplace un monde de tourments,
Ah ! dis-le-moi, bel ange, je t'en prie,
Puisqu'ici-bas il ne peut s'obtenir,
Dis-moi, dis-moi, s'il n'est pas une vie
Où le bonheur ne doit jamais finir ?

INVOCATION.

CANTIQUE.

AIR :

Maître de la terre et du ciel,
Accepte notre faible hommage :

Pour nous tu créas le soleil,
Nous t'adorons dans ton ouvrage.
Tu nous combles de mille dons,
Pour nous tu fais fleurir la terre.
D'épis tu couvres nos sillons,
Tu donnes l'onde à la rivière,

Nous sommes tous à tes genoux,
Nous t'aimons d'un amour extrême ;
Dieu tout-puissant, protége-nous ;
Nous t'invoquons, bonté suprême !

C'est pour nous que tu fis encor
Les monts dont la terre est parée,
Ces magnifiques globes d'or
Qui peuplent la voûte azurée.
C'est pour nous que des vastes mers
Le soleil pompe les nuages,
Qui, chaque jour, vont sur les airs
Féconder de lointains rivages.

Mais notre cœur reconnaissant
S'enflamme d'un amour extrême :
Protége-nous, Dieu tout-puissant,
Nous t'invoquons, bonté suprême !

A nous les roses du printemps,
Qu'un souffle divin fait éclore ;
A nous des oiseaux les doux chants,
Fruits de l'automne à nous encore.
Pour tant de bienfaits précieux
Nous t'adressons mille louanges,

Qui d'ici montent jusqu'aux cieux
Sur les ailes de nos bons anges.

Nous te supplions à genoux,
Dans un élan d'amour extrême,
De toujours prendre soin de nous,
Qui t'invoquons, bonté suprême !

LES ADIEUX.

A MADEMOISELLE C.....

Musique de Nicot.

De nous quitter nous touchons au moment :
Adieu, mon ange, hélas ! adieu, ma vie !
Quand serai loin pense au fidèle amant
Qui n'oublîra pas, lui, son Eugénie.

L'automne approche et va jaunir les bois
Et les priver de leur verte parure ;
A leurs échos vais marier ma voix
Pour te chanter au deuil de la nature.

Sous d'autres cieux, sur d'autres horizons,
En parcourant les bords d'une autre plage,
Avec amour vais murmurer tes noms
Aux doux échos d'un trop lointain rivage.

Aux lieux connus et chéris de mon cœur,
De notre amour en racontant l'histoire,

2.

Dirai tes traits, ton âme et mon bonheur,
Et les prîrai d'en garder la mémoire.

Du haut des monts, si gravissais un jour,
En me tournant du côté de la plaine
Où vais laisser mon cœur et mon amour,
Mes doux regards y chercheront ma reine.

Puis essuyant, du revers de mes doigts,
Les pleurs pendus aux cils de ma paupière,
Un nom bien doux sortira de ma voix,
Comme une extase, une sainte prière!...

Adieu! je pars, oui, je pars et demain
Quand de la nuit le jour chassera l'ombre,
De mon pays serai sur le chemin
Aux prises seul avec ma douleur sombre.

Rempli de toi, je vais revoir content
Cet humble nid où j'ai reçu la vie;
Mais si je pars je reviendrai constant
Aux lieux aimés où je laisse Eugénie.

UN REGRET.

Air : *Le vigilant derviche.*

Oh! quels lugubres sons frappent l'air en cadence!
Pleurent-ils d'un mortel le douloureux trépas ?
Oui, je vois un cercueil que l'on porte en silence,
Puis une femme en pleurs, qui le suit pas à pas.

Fléchissons le genou, prions l'Etre suprême,
Par moi qu'à son départ ce mortel soit béni.
Mais qu'aperçois-je, ô Dieu! quoi! c'est l'objet que
    C'est ma Jenny, c'est ma Jenny!   [j'aime!

Pleurez, cloches, pleurez! et toi, cercueil, avance;
Pour la dernière fois je veux lui dire adieu.
Adieu! restes chéris, ma plus douce espérance !
Adieu! tendre Jenny; vole au sein de ton Dieu.
Que n'ai-je le bonheur de quitter cette terre!
Les chagrins, les soucis, pour toi tout est fini ;
Oui, pour toi sont passés les tourments, la misère,
    O ma Jenny, ô ma Jenny !...

Ah ! quel terrible coup pour mon âme si tendre !
Quel deuil, quel vide affreux, quel déchirant tourment!
Le doux son de ta voix je crois encor l'entendre,
Sonore et caressant, m'appeler tendrement.
Mais mon beau ciel te pleure, aimable créature ;
Sans toi, sans ton amour qu'il sera rembruni !
Faut-il que ton beau corps des vers soit la pâture,
    O ma Jenny, ô ma Jenny!

Quoi ! je ne verrai plus ton gracieux sourire !
Pour moi ta douce voix n'aura plus de doux mots !
Sur le fleuve de Temps de la mort le navire
Devait-il à vingt ans t'emporter sur les flots ?
Terre qui la portas à ce monde perfide,
Cache-la pour jamais ; son chemin est fini ;
Mais, qu'hélas ! parmi nous ta course fut rapide,
    O ma Jenny, ô ma Jenny !

Belle de vingt printemps, ainsi la mort l'enlève ;
Cette fleur parmi nous n'a vu qu'une saison ;

Mais bien que son séjour n'y fût qu'un faible rêve,
Lorsque sa blanche étoile a fui notre horizon,
Plus d'un cœur, j'en réponds, sera son sanctuaire,
Du mien son souvenir ne sera point banni.
Je t'irai retrouver en quittant cette terre,
    O ma Jenny, ô ma Jenny !

LES HIRONDELLES.

Air : *C'en est donc fait loin du beau sol de France.*

Quoi ! vous allez, légères hirondelles,
Dans quelques jours revoir mon beau pays ;
Ma vieille mère attend de mes nouvelles,
Filles de l'air, dites-lui que son fils
L'aime toujours, que toujours il l'adore,
Que triste il pense au foyer tous les jours ;
Que dans l'exil son cœur la pleure encore ;
Qu'elle est l'objet de ses constants amours.

Portez encore un salut à mon père,
A mes neveux, à ma modeste sœur,
Oiseaux aimés, n'oubliez pas mon frère,
Dites-lui bien de calmer sa douleur.
Pour quelque temps, ah ! si j'avais vos ailes,
Vite avec vous je volerais près d'eux,
Pour oublier des souffrances cruelles,
Pour me guérir de cent tourments affreux !

Où vous naissez vous retournez fidèles ;
En ce bas-monde on commande à mes pas.

Vous choisissez les climats, hirondelles,
Heureux oiseaux, je ne les choisis pas.
A moi que font et parole et pensées
Puisqu'il me faut les soumettre à des lois?
De ces rigueurs vous êtes dispensées :
Pour vos doux nids vous choisissez les toits.

Que me fais-tu, Liberté, que j'implore ?
Tu n'es pour moi qu'un mot vide, un vain mot!
L'oiseau du ciel, qui chante dès l'aurore,
De toi, déesse, obtint le meilleur lot :
Sans lois, ni chefs, les tourments, la misère,
Ni la douleur ne brisent point son cœur ;
S'il prend l'essor il possède la terre :
Quel roi puissant jouit d'un tel bonheur?

Heureux oiseaux que le doigt de Dieu guide,
Oh ! que je porte envie à votre sort,
Vous qui fuyez sur une aile rapide
Ces bords affreux pour un plus heureux bord!
Partez, partez sur vos ailes légères,
Puisque ma voix ne peut vous retenir ;
Mais au retour, aimables messagères,
Rapportez-moi quelque doux souvenir !

Adieu, partez, filles de l'espérance,
Dirigez-vous vers ce ciel fortuné,
Ce ciel chéri du beau pays de France ;
Allez revoir le toit où je suis né.
Combien de fois sur cette heureuse plage
J'ai contemplé votre vol sinueux ;
Mais c'en est fait, je suis dans l'esclavage,
Charmants oiseaux, que vous êtes heureux!

DÉDICACE.

A MADEMOISELLE F. P.

AIR : *Le pauvre Emile a passé comme une ombre.*

Tu les liras la première, ô Flavie !
Ces vers qui n'ont eu que moi pour lecteur.
Grave en ton cœur chaque trait de ma vie,
Belle, à mes chants tu porteras bonheur.
Tu connaîtras les secrets de mon âme,
Tous ses transports, ses élans, ses plaisirs :
Bien doux étaient les rayons de ma flamme,
Qui ne brûlait que d'amoureux désirs.

Oh ! qu'on est bien près d'un objet qu'on aime,
Qui nous remplit à chaque instant le cœur !
Tu jugeras, ô Flavie ! en toi-même,
Ce que j'ai dû dépenser de bonheur !...
La vie à deux belle et douce existence :
Le cœur s'épanche en plaisirs infinis.
L'amour sans doute a son pas de souffrance,
Mais bien léger pour deux cœurs bien unis.

Quand du plaisir une vive étincelle
Nous fait aimer, jouir par tous les sens,
A dix-huit ans, Dieu ! que la vie est belle !
Qu'elle a d'attraits et de charmes puissants !
Oh ! oui, l'amour est une sainte chose !
Aime, Flavie ; il est si doux d'aimer.

Souffre en ton sein que son flambeau repose,
Laisse à ses feux ton âme s'enflammer.

Je sus aimer, ô sensible Flavie !
Et mon cœur sut répondre à d'autres cœurs ;
De fleurs d'amour je sus semer ma vie,
Et c'est encore un baume à mes douleurs...
Puissent mes chants maintenant te distraire,
Ravir ton cœur, t'arracher un soupir !
Mon seul désir est qu'ils puissent te plaire,
Te procurer un instant de plaisir.

LE CHOLÉRA,

OU REMERCIEMENT A IRZA, DE QUI J'AVAIS REÇU DEUX BOUTEILLES DE LIQUEUR.

1854.

Air : *Laissez les roses aux rosiers.*

Déjà je tremblais pour ma vie :
Du noir choléra j'avais peur,
Lorsque deux flacons d'eau-de-vie
Viennent dissiper ma frayeur.
C'est une liqueur salutaire
Contre le terrible fléau :
On reste malgré lui sur terre
Quand on use un peu de cette eau.

Tout ce que l'amitié me donne
Avec amour est accepté ;

Ton présent, charmante personne,
Est un garant pour ma santé.
Le choléra sur notre plage
Peut venir, je ne le crains plus :
Je saurai, par ce doux breuvage,
Rendre ses effets superflus.

Mais toi, mon adorable amie,
Comment combattras-tu ses coups ?
Le fil délié de ta vie
Pourra-t-il braver son courroux ?
Oui, je le désire et l'espère,
Tu sauras bien t'en garantir :
Tu n'es pas de trop sur la terre ;
Dieu ne te fera pas mourir.

A MADAME LOUISE B.

AIR *d'Octavie.*

Oh ! tu t'en vas, tu quittes notre plage !...
Louise, adieu ! mais point ne t'oublîrai :
Car dans mon cœur est peinte ton image,
A toi toujours je m'intéresserai.

Louise, adieu !... Qu'heureux soit ton voyage !
J'irai de cœur partout où tu seras ;
Pour supporter l'absence avec courage,
Je penserai qu'un jour tu reviendras.

Tu reviendras embellir ce rivage,
Comme l'oiseau nous revient au printemps ;

Que loin de nous ton ciel soit sans orage !
Femme chérie, adieu ! pour trop longtemps !

LE RÉDUIT.

A IRZA.

Air : *Salut ! petit cousin-germain.*

Il est un modeste réduit
Dans la chaumière que j'habite ;
Rarement le soleil y luit,
Mais les heures y passent vite.
Ses murs nus me sont plus charmants
Que le salon le plus splendide ;
Eh ! l'asile de deux amants
Pour leurs âmes n'est jamais vide.

C'est là que d'un amour divin
Mon cœur a senti la puissance ;
Que dans les bras d'un séraphin
J'en éprouvais la jouissance.
Qu'il faille aux rois, pour être heureux,
Lambris dorés, lourde-cassette,
Il ne faut à deux amoureux
Qu'un réduit et qu'une couchette.

Le bonheur ne réside pas
Dans les palais, ni sur le trône ;
On le cherche bien loin, hélas !
Et souvent un réduit le donne.

Si le salon est indiscret,
Le réduit aime le mystère,
Et nul plaisir vrai n'est parfait
Sans le mystère sur la terre.

O charmant réduit ! qu'à mon cœur
Déjà tu procuras de charmes !
En pensant à tant de bonheur
Mes yeux se remplissent de larmes.
Ton doux et touchant souvenir
Ira me berçant d'âge en âge ;
Jusqu'au jour où tout doit finir,
Mon cœur t'offrira son hommage

COUPLET

A IRZA QUI LISAIT MES VERS.

AIR : *J'ai des souliers, etc.*

Tu lis mes vers, ô mon Irza chérie !
Et de mon cœur les chapitres brûlants ;
Tu connaîtras les secrets de ma vie,
L'âme de feu du plus doux des amants.
Arrête-toi sur chaque chansonnette,
Mais que ton cœur de rien ne soit jaloux :
C'est pour Irza que ma tendre musette
A soupiré ses refrains les plus doux.

UN ESPOIR.

A IRZA.

AIR: *Il pleut, bergère.*

Les aquilons, la neige,
Les rigoureux frimas,
De l'hiver le cortége
Enchaîne ici mes pas.
De la cruelle absence
J'éprouve les tourments,
Et j'appelle en silence
Le retour du printemps.

Quand la blanche aubépine
Fleurira sur nos monts,
La rose purpurine
Charmera nos vallons,
Vers ma tendre maîtresse
J'irai d'un pas vainqueur
Lui peindre ma tendresse,
Mon zèle et mon ardeur.

Oui, quand les fleurs nouvelles
Orneront nos jardins,
Quand les oiseaux fidèles
Rediront leurs refrains,
Au toit qui la vit naître

J'irai le cœur joyeux
Frapper à sa fenêtre
Deux coups mystérieux.

Alors près de ma reine,
Dès le soir jusqu'au jour,
J'endormirai ma peine
Dans les bras de l'amour.
Enivré de ses charmes,
Du feu de son regard,
Je sècherai ses larmes,
A l'heure du départ.

LE NOM D'IRZA.

Doux nom d'Irza!
Tu réjouis mon âme ;
De près, de loin qui toujours me plaira ;
« Aimable nom, quand ma voix te proclame,
« Un feu divin me réchauffe et m'enflamme, »
Doux nom d'Irza !

Doux nom d'Irza !
Nom de ma douce amie,
Nom que mon cœur en tous lieux bénira ;
A te chérir je veux passer ma vie,
Te célébrer, c'est le bien que j'envie,
Doux nom d'Irza !

Doux nom d'Irza !
Nom d'amour, d'espérance,

Nom que ma voix à jamais chantera :
En toi je trouve un baume à ma souffrance,
Par toi je brave et l'injure et l'offense,
        Doux nom d'Irza !

        Doux nom d'Irza !
    Nom de vive allégresse,
Le dernier nom que ma bouche dira,
Pour toi je sens redoubler ma tendresse,
Mon cœur t'adore et te bénit sans cesse,
        Doux nom d'Irza !

        Doux nom d'Irza !
    Non sacré que j'adore,
Nom que l'amour pour moi seul inventa ;
Je te murmure au lever de l'aurore,
Le soir venu je te soupire encore,
        Doux nom d'Irza !

        Doux nom d'Irza !
    C'est un nom de prière :
Combien de fois ce nom me consola !
Je sais t'aimer comme tu sais me plaire ;
Pour toi mon culte est ardent et sincère,
        Doux nom d'Irza !

        Doux nom d'Irza !
    Nom d'honneur, de victoire,
Nom qui toujours de bonheur me berça,
« O nom divin, nom cher à ma mémoire,
« Puissé-je vivre et mourir pour ta gloire,
        Doux nom d'Irza !

PENDANT L'ORAGE.

AIR : *Prends plutôt un petit voltigeur.*

Pauvre oiselet, fatigué par l'orage,
Je ne puis plus lutter contre les vents.
Je cède. Hélas! pour atteindre la plage,
Tous mes efforts resteront impuissants.
Quand je croyais vers tes rives nouvelles
Porter mes pas, exiler ma douleur,
Un coup de vent vient me briser les ailes
Et m'enlever mon espoir, mon bonheur.

J'ai vu sans crainte, et les yeux secs de larmes,
Sur moi la foudre épuiser ses fureurs ;
Puissent enfin s'éteindre mes alarmes!
Puissent bientôt finir tous mes malheurs!
Je dois avoir vidé jusqu'à la lie
La coupe amère et triste du chagrin ;
J'ai dû souffrir tous les maux de ma vie
Que je devais trouver sur mon chemin.

Si je guéris un jour de ma blessure,
Pour oublier d'injurieux propos,
Je chercherai d'une retraite obscure
Le calme heureux, la paix et le repos.
Là sans souci, libre d'inquiétude,
Si Dieu pour moi fait briller d'heureux jours,
Mes souvenirs, la consolante étude
Seront encor mes plus constants amours.

L'AMANT ABANDONNÉ.

AIR ; *Une jeune bergère.*

Echos de mes peines,
Aux rochers de ces lieux,
Dites aux monts, aux plaines,
Aux vallons gracieux,
Qu'Eva de notre chaîne
Vient de rompre les nœuds ;
Que de cette inhumaine
J'ai reçu les adieux.

Dites que d'Eugénie
J'étais l'adorateur,
Et que la calomnie
M'a retiré son cœur.
Que votre voix puissante
Aille jusqu'au val'on,
Où cette ingrate amante
Croit à ma trahison.

Quand j'ai de cette histoire
Vu la trame finir,
Faut-il que ma mémoire
Garde le souvenir
Des flots de sa tendresse,
De ses brillants appas,
Des instants pleins d'ivresse
Dépensés dans ses bras ?

Ah ! je l'entends encore
M'appeler tendrement,
Me dire : « Je t'adore,
J'ai foi dans ton serment ! »
Oui, je me les rappelle
Nos délirants bonheurs :
Leur souvenir loin d'elle
Me fait verser des pleurs.

Je vais contant mes peines
Aux lieux où j'ai tracé,
Sur l'écorce des frênes,
Notre chiffre enlacé.
Longtemps suivant sa trace
Et murmurant son nom,
Triste, assis à sa place,
L'écho seul me répond.

Quand la froide vieillesse
Aura glacé mon cœur,
Et qu'au lieu de tendresse
Je vivrai de douleur,
Qu'encor sur l'inconstante
Se reposent mes yeux,
Et mon âme contente
Montera dans les cieux.

COURAGE.

A MON AMI CÉL. GAUTHIER.

AIR *du bon Vieillard.*

Je les ai lus, les enfants de ta lyre,
Je les ai lus, tes ravissants couplets ;
Ils m'ont plongé dans un joyeux délire
Par leurs refrains sémillants et follets.
Vers toi déjà je vois venir la gloire,
Le myrte au front, te montrant le chemin
Qui peut conduire au temple de mémoire ;
Courage, ami, courage, Célestin !

Prends ton essor ; qu'un feu sacré t'enflamme ;
Du double mont tente le rude accès ;
J'applaudirai, dans le fond de mon âme,
Avec transport à tes premiers succès.
Fille du ciel, l'aimable poésie
Dès le berceau t'a saisi par la main
Et t'inspira du souffle du génie ;
Courage, ami, courage, Célestin !

Enfin, courage ! un horizon immense
Ouvre à tes vers le champ de l'avenir :
Tout te sourit, la voix de l'espérance
Te dit tout bas : Ecris pour parvenir.
Chante l'amour, la gloire de nos armes,
Pour chaque état trouve un joyeux refrain ;

3.

Que tes beaux vers fassent couler nos larmes :
Courage, ami, courage, Célestin !

SUR L'ASSASSIN DES SERVANTES.

Air : *Journée de Waterloo.*

On m'avait dit : « Du tueur de servantes
Ecris la vie et le sombre portrait ;
Retrace-nous les scènes émouvantes
De son fatal et terrible lacet. »
Quoi ! moi chanter ce monstre abominable
Qui fit trembler tant de climats divers !
Je n'écris rien sur un tel misérable :
Son nom jamais ne souillera mes vers.

JE CHANSONNE.

A MON AMI PERRET DE GERMIGNEY.

Air : *Le vieux braconnier.*

A suivre le gré de l'onde,
Chacun borne ses désirs ;
Moi, d'humeur plus vagabonde,
J'aime à changer mes plaisirs ;
Et quand le sort m'abándonne,
Sans trop m'affliger pour ça,
  Je chansonne (*bis*)
Un couplet par ci, par là.

J'ai vu quelqu'un dans ma vie
Pour un saint fort s'entêter;
Moi, je crois, sans hâblerie,
Tous les saints bons à fêter.
Que ce soit Charles, Pomone,
Robert ou Caligula,
   Je chansonne (*bis*)
Un couplet par ci, par là.

Aujourd'hui que l'Amérique
Tient les travaux suspendus,
Nos patrons, dans leur boutique,
Pleurent leurs instants perdus.
Moi, jugeant qu'après l'automne
Tout ceci s'arrangera,
   Je chansonne (*bis*)
Un couplet par ci, par là.

Quand des exilés, dans l'ombre,
Pleurent la nuit du bercail;
Quand des malheureux sans nombre
Sont sans pain et sans travail,
A la pitié j'abandonne
Tête, cœur et cætera;
   Je chansonne (*bis*)
Un couplet par ci, par là.

Espérons que la lumière,
Guidant les peuples divers,
Fera jaillir de l'ornière
La paix sur tout l'univers.
En attendant qu'on nous donne

Un destin tel que cela,
   Je chansonne (*bis*)
Un couplet par ci, par là.

C. Gauthier.

CHANSON ÉPIGRAMME.

Air : *Il est au pied d'une montagne.*

J'ai vu Thémis à l'audience
Bâillant sur un livre de lois,
Et... tenait la balance
Et condamnait les villageois.
Thémis suait et morfondue
D'Es... écoutait les avis.
Par qui la justice est rendue
Dans notre malheureux pays !

Souvent de la plus simple cause
Thémis se perd dans les débats ;
Mais Es... explique la chose
Et tire Thémis d'embarras.
Aussi des plaideurs la cohue
Gronde contre lui de mépris.
Par qui la justice est rendue
Dans notre malheureux pays !

C'est alors qu'Es... s'enivre
Du parfum de son sot orgueil ;
Au nez de Thémis il se livre

A la joie, il sourit de l'œil.
Sa b.... paraît même émue
De voir tous ses conseils suivis.
Par qui la justice est rendue
Dans notre malheureux pays !

Thémis, couvert de sa simarre,
Bégaie un maigre jugement ;
Sur son siége Es... se carre :
Il est superbe en ce moment.
Il caresse sa tête nue,
Heureux de diriger Thémis.
Par qui la justice est rendue
Dans notre malheureux pays !

Ce n'est pour personne un mystère,
Ici l'on est jugé très-mal :
Thémis n'est pas à son affaire,
Es... est connu pour partial.
Votre cause sera perdue,
Si vous attaquez leurs amis.
Par qui la justice est rendue
Dans notre malheureux pays !

Puisque Thémis est incapable
De diriger son tribunal,
Qu'Es... n'est pas équitable,
Qu'il n'est qu'un sot original,
Sifflons ces deux fats dans la rue,
Ecrasons-les de nos mépris,
Pour que justice soit rendue
Un peu mieux dans notre pays.

ESTELLA OU LE BERCEAU.

Air *d'Euphrosine.*

Repose doucement sans soucis, sans alarmes,
Sous les yeux maternels repose, ô mon enfant !
Goûte de ton berceau les ineffables charmes
    Et souris en dormant.

Ton front pur et serein, ta figure fleurie,
Ton petit bras d'ivoire, arrondi, gracieux,
Et tes lèvres de rose, ô ma fille chérie !
    Sont de l'ange des cieux.

Dors, dors paisiblement, objet de ma tendresse,
Une mère attentive, au pied de ton berceau,
Suit tous tes mouvements, contemple avec ivresse
    Un si touchant tableau.

Toujours à ton réveil tu la verras sourire,
Te prendre dans ses bras, te presser sur son cœur.
Tu gazouilles un mot qu'elle t'apprend à dire
    Et tu fais son bonheur.

Si tu pleures parfois, par des chansons rustiques,
Ou des refrains joyeux elle endort tes douleurs ;
Puis avec un baiser de tes yeux angéliques
    Elle tarit les pleurs.

Quand, suspendue au sein qui te donne la vie,
Tu bois avidement l'abondante liqueur,

Qu'alors avec bonheur cette mère ravie
    Sourit à ta fraîcheur!

Pour toi tout est plaisir et charme sur la terre:
Ta vie est un beau jour de ton premier printemps;
Pour toi tout est nouveau, tout, dans le grand par-
    Brille à tes yeux contents.   [terre,

Ton bonheur est parfait, ta joie est sans mélange;
Les ennuis, les remords, tu ne les connais pas;
Ton paisible sommeil tient de celui de l'ange;
    Il n'est point d'ici-bas.

Qu'il est doux ce sommeil, ce repos de l'enfance!
Il n'est point traversé par un songe affligeant;
Et sur toi, quand tu dors, une mère en silence
    Veille, ô ma chère enfant!

Mais insensiblement t'éloignant des rivages
Et du port calme et sûr où restent nos beaux jours,
Du monde l'Océan t'offrira ses naufragés,
    Qu'heureux y soit ton cours!

Un jour si des écueils dangereux de la vie
Ta nacelle légère, hélas! devait souffrir,
J'aimerais mieux te voir, mon Estella chérie,
    Dès à présent mourir.

Car alors dans le ciel tu serais une sainte
Des anges partageant le fortuné destin;
Sous le regard de Dieu tu grandirais sans crainte
    Pour un bonheur sans fin.

LE PRISONNIER.

Air *d'Euphrosine.*

Sous ces nombreux verrous faut-il traîner ma vie ?
Entre ces murs épais dois-je finir mes jours ?
Loin du ciel fortuné de ma belle patrie,
    Faut-il gémir toujours ?

Relégué pour jamais dans une île ignorée,
Je mêle au bruit des vents, au murmure des flots,
Les plaintes et les cris de mon âme éplorée,
    Mes déchirants sanglots.

Si du moins pour prison j'avais cette île affreuse,
Je jouirais encore et du ciel et des eaux ;
Mon existence, hélas ! serait moins malheureuse,
    Moins grands seraient mes maux.

Mais non ! d'un noir réduit l'air impur je respire,
La lumière du jour ne luit point pour mes yeux.
Le bonheur ne sourit plus au cœur qui soupire
    En de si tristes lieux.

Ma vie est une nuit, froide, horrible, profonde,
Sous ces humides murs mes sens seront glacés,
Je dois vivre isolé de la foule et du monde ;
    Adieu ! beaux jours passés !

Que fais-tu maintenant, dis, ô mère chérie !
Les malheurs de ton fils t'ont-ils brisé le cœur ?

Les arbres festonnés de notre métairie
  Verraient-ils ta douleur ?

Ils sont beaux maintenant, ces arbres de mon âge,
Ils sont tous couronnés de feuilles et de fleurs !
Oh ! que je m'aimerais assis sous leur feuillage
  Avec mes jeunes sœurs !

Le doux printemps toujours fleurit-il la nature ?
Dans votre sort, hélas ! n'est-il rien de changé ?
Notre ruisseau toujours a-t-il son doux murmure
  Dans son lit ombragé ?

Notre riant vallon et la riche colline,
Comme aux jours du bonheur, s'offrent-ils au regard?
Voit-on toujours l'abeille aux fleurs de l'aubépine
  Enlever son nectar ?

Comme autrefois, le lis charme-t-il la campagne ?
Le rossignol toujours a-t-il son chant perlé ?
J'ignore si le pampre orne encor la montagne ,
  Moi, moi pauvre exilé !

Dites-moi, le bouleau toujours a-t-il sa brise ?
Mars vous ramène-t-il le doux chant des oiseaux?
Et sur le vert coteau si toujours mon Elise
  Conduit ses gras troupeaux?

Que j'aimerais à voir la brillante nature !
Qu'un bluet, qu'un rosier auraient pour moi d'at-
J'aimerais à dormir sous les dais de verdure, [traits !
  Sous les ombrages frais !

Aux plus beaux de mes ans, errant dans la prairie,
Je dédaignais des fleurs les gracieux contours,

Et maintenant pour voir une rose fleurie
Je donnerais mes jours.

Mais mon obscur réduit repousse l'espérance ;
Non, ce n'est plus pour moi que le printemps fleurit !
Le monde indifférent ignore ma souffrance
Et si mon cœur gémit.

Cependant sous mes fers ma jeunesse succombe ;
Chaque jour je me sens, je me vois dépérir.
Avec rapidité j'avance vers la tombe ;
Bientôt je vais mourir.

Et lorsque finira ma vie infortunée,
Un geôlier inhumain, sans pompe, sans éclat,
Inhumera mon corps : voilà la destinée
Du prisonnier d'Etat.

IRZA ET LA ROSE.

Air :

Irza, je reconnais votre fidèle image
Dans la reine des fleurs :
Egalés en beauté, votre charmant visage
Brille de ses couleurs.

Vous avez en commun la fraîcheur, l'élégance,
Aussi le même port ;
Comme elle de charmer vous avez la puissance
Et quelquefois le sort.

Oui, comme elle au matin, brillante de jeunesse,
    D'innocence et d'amour,
Comme elle vous pouvez causer notre tristesse
    Sur le déclin du jour.

Car vous êtes du monde où chaque belle chose
    A le cruel destin ;
Mais pour notre bonheur n'imitez pas la rose,
    Vivez plus d'un matin.

UN SOUVENIR.

Air *de la Veuve du matelot.*

Lorsque le vent mugit et que la nuit est sombre,
Oh! que du ciel alors j'aime la triste horreur!
Je donne un libre cours à mes pensers sans nombre,
    A ma déchirante douleur.

Une croix dans le cœur, que la vie est amère !
Qu'avec indifférence on entraîne les jours!
Lorsque l'on doit des pleurs à la perte d'un frère,
    Rien ne peut en charmer le cours.

Mes yeux l'ont à pleurer ce frère au beau visage,
Au cœur sensible et bon, grand, noble, généreux ;
Lis fauché dans sa fleur, sur un lointain rivage,
    Par un sort cruel et fâcheux.

Je me rappelle encor des jours de notre enfance,
De ce bel horizon, de nos rêves dorés,
De nos plaisirs communs, de notre insouciance
    Et de nos courses dans les prés.

Je me rappelle tout : son amour, sa tendresse,
Ses doux égards pour moi; nos aimables leçons,
Son rire, sa douceur, ses grâces de jeunesse
    Et ses élégantes façons.

Mais il voulut partir, entraîné par la gloire,
Et pour se faire un nom il quitta nos climats ;
Et maintenant, hélas ! vivant dans ma mémoire
    Il est dans la nuit du trépas!...

Que ce triste départ me fit verser de larmes !
Je sentis dans mon sein mon âme se briser;
Je ne pus lui cacher mes craintes, mes alarmes
    Au moment du dernier baiser.

Des lettres de tendresse adoucissaient l'absence
De ce frère chéri, qui faisait mon orgueil;
De le revoir aussi je gardais l'espérance
    Et je pleure sur son cercueil !

Lorsque durant le cours de certaines journées
J'entends le vent du sud gémir et murmurer,
Je crois être un soupir qui vient des Pyrénées
    Et je me prends seule à pleurer !

Quand ce noir souvenir pèse sur ma pensée,
Et que des pleurs brûlants retombent sur mon cœur,
Je vole au temple saint de mon âme froissée
    Chercher un baume à la douleur.

Quand brille au firmament l'étoile scintillante,
Prise pour rendez-vous de nos cœurs au départ,
Comme il me semble y voir son image brillante,
    Longtemps j'y colle mon regard.

Oh ! dis, fleur de mon cœur, pour moi sitôt flétrie,
Source de mes chagrins, de mes pleurs superflus,
Dis, ô frère adoré ! s'il n'est pas une vie
Où l'on ne se sépare plus !

WRIANGE.

AIR :

Non, non ! je n'aime point cette plaine si nue,
Cet horizon sans fin où s'égare ma vue ;
De ce sol nivelé rien ne parle à mon cœur ;
Ces plages sans aspect laissent froide mon âme ;
En vain je chercherais un objet qui l'enflamme
Dans ces guérets aimés, chéris du laboureur.

J'aime tant des coteaux l'éclatante verdure,
Ecouter en rêvant le ruisseau qui murmure,
Sur son lit de cailloux, des sons harmonieux !
J'aime tant des forêts les sentiers frais et sombres,
Voir des montagnes croître et décroître les ombres,
Que je ne puis me plaire un instant dans ces lieux !

Oui, j'aime les beautés du lieu de ma naissance ;
Ses sites enchânteurs, témoins de mon enfance ;
Son ciel pur, ses forêts, ses vallons, ses coteaux ;
Ce toit cher à mon cœur, où brilla mon aurore
Où tant de souvenirs me rappellent encore,
Où je vis s'écouler de mes jours les plus beaux !

Revenez, revenez ! souvenirs du jeune âge !
Comme aux jours du bonheur je revois ce rivage,

Lorsqu'avec mon Eugène, habillés en chasseurs,
Nous poursuivions tous deux la perdrix innocente,
Le timide ramier, la caille à voix perçante
Dans le creux des vallons, aux sommets des hauteurs.

Mais c'est à toi surtout, ô forêt de la Serre!
Qui me vis si souvent à côté de mon frère,
Jouir des horizons de tes points culminants,
Que je réserve encor mes plus douces pensées !
Ton souvenir m'est cher, et les heures passées
Sous tes ombrages frais charmeront mes vieux ans.

Las! tout passe ici-bas, tout change sur la terre:
J'ai perdu mon Eugène, et du bois solitaire
L'écho ne redit plus les doux mots de sa voix!
Et lorsque je retourne aux lieux où l'espérance
Semait de tant de fleurs notre joyeuse enfance,
Je soupire en pensant au bonheur d'autrefois!...

ÉLOGE DE LA FEMME.

AIR : *Viens déployer l'invincible bannière.*

La femme est un présent divin, c'est le génie
Qui de l'homme soutient, charme, embellit la vie;
De ses rêves c'est l'âme et l'ange du foyer,
Qui par un doux sourire, une tendre parole
Y conserve la paix, y bénit, y console,
   Que son amour vient égayer.

Ses vertus d'âge en âge ont brillé sur le monde ;
Epouse, mère ou sœur, sa charité féconde
Ne se dément jamais à l'aspect des tourments.
Blanche, Eponine, Esther, de Sombreuil, Véturie,
Antigone et toi, Jeanne, honneur de ma patrie,
    On connaît vos beaux dévoûments.

Femme, lève ton front, sois reine de la terre ;
Pour retremper les cœurs c'est en toi qu'on espère,
Chère consolatrice, et c'est là ton devoir.
Allume dans nos seins la divine étincelle,
Prêche-nous l'union, la paix universelle,
    Tout doit céder à ton pouvoir.

Dans ce siècle d'argent, auquel on sacrifie
Les mœurs, l'esprit français, qui tombe et s'atrophie,
C'est à toi, précepteur naturel du bon ton,
De combattre de l'or la funeste influence,
En rappelant l'esprit distinctif de la France,
    En nous enseignant le pardon.

Connais ce que tu peux. Sois douce, généreuse ;
Chaste dans tes amours, fidèle, vertueuse,
Et tu verras bientôt le monde t'adorer.
Alors, accomplissant ta mission divine,
Des travers de ce siècle extirpant la ruine,
    Tu sauras le régénérer.

REPRENDS TA LYRE,

A PERRET DE G...

AIR : *Béranger à l'Académie.*

Quoi ! peux-tu bien, alors que tout s'agite,
Rester debout impassible et muet ?
Préfères-tu (ton silence m'irrite)
D'un songe creux être le vain jouet?
Ah! n'attends pas, dans ce morne délire,
Qu'un sort cruel soit venu te chercher...
Va, mon ami, reprends gaîment ta lyre,
Il est encor des larmes à sécher.

Déjà l'hiver et son pâle cortége
Ont envahi les toits les plus ardus ;
Les malheureux que la misère assiége
Dans leurs taudis frissonnent éperdus.
Ah! si la mort, que leur douleur attire,
Au désespoir venait les arracher...
Va, mon ami, reprends gaîment ta lyre,
Il est encor des larmes à sécher.

Concentre en toi tes souffrances physiques
Et souriant reviens à la raison ;
Aux ulcérés, par des chants pacifiques,
Viens apporter secours et guérison.
Viens résigné; voile sous un sourire
Les maux d'un cœur qui voudrait s'épancher...

Va, mon ami, reprends gaîment ta lyre,
Il est encor des larmes à sécher.

CÉL. GAUTHIER.

JE NE PEUX PAS REPRENDRE MA LYRE.

AIR : *Béranger à l'Académie.*

Oui, le chagrin, alors que tout s'agite,
Me fait rester impassible et muet ;
Je ne peux, malgré que ça t'irrite,
Du sort cesser d'être le vain jouet.
Je n'attends pas dans mon sombre délire
Qu'ici l'honneur vienne un jour me chercher.
Non, je ne peux pas reprendre ma lyre :
J'ai sur le cœur trop de pleurs à sécher.

Pendant l'hiver, au pâle et froid cortége,
Quand les frimas s'étendent sur nos champs,
Aux malheureux que la misère assiége
Donnons, ami, du pain et non des chants.
Alors la mort, que leur douleur attire,
De leurs réduits n'osera s'approcher.
Non, je ne peux pas reprendre ma lyre :
J'ai sur le cœur trop de pleurs à sécher.

Je peux en moi concentrer ma souffrance,
Car la douleur m'a laissé la raison ;
Mais ce n'est pas par des chants d'espérance
Qu'aux maux d'autrui l'on porte guérison.

4

Ami, pour toi je veux toujours sourire,
Et dans ton cœur le mien veut s'épancher.
Mais je ne peux pas reprendre ma lyre :
J'ai sur le cœur trop de pleurs à sécher.

LE PALE AUTOMNE.

Air : *Il pleut, bergère.*

Je sommeillais à l'ombre
Au bord d'un clair ruisseau,
Un vieillard pâle et sombre
Tout à coup sort de l'eau.
A son aspect terrible,
A ses rauques accents
Une horreur indicible
Paralyse mes sens.

Je veux fuir, impossible!
Je ne peux faire un pas :
Une force invisible
Ne me le permet pas.
Mes cheveux sur ma tête
Se dressent à l'instant ;
Mon sang glacé s'arrête ;
Je suis blême et mourant.

Il s'avance et me touche
De son doigt de géant ;
Puis entr'ouvrant la bouche
Comme un gouffre béant,

Il dit : « Quel téméraire
« Ose violer ces lieux ?
« Qu'il morde la poussière,
« Qu'il périsse à mes yeux ! »

Il exhalait sa rage ;
Je frémis à ses cris.
O vieillard, ton langage
Et tes traits amaigris
Me révèlent ta peine ;
Es-tu quelque immortel ?
Ta voix est plus qu'humaine,
Daigne instruire un mortel.

« Je suis le pâle Automne ;
« C'est moi qui, tous les ans,
« Des bords de la Garonne
« Prodigue les présents.
« En traversant la France,
« Chargé de mon trésor,
« J'ai semé l'abondance ;
« Elle pleure mon sort.

« Elle était ma compagne,
« Elle avait mon amour ;
« L'écho de la montagne
« L'appelle nuit et jour.
« Le regret me dévore
« Comme un cruel vautour ;
« Si je chemine encore,
« Mon trajet sera court.

« Près de cette fontaine,
« Qu'ombragent mille ormeaux,
« Mon noir chagrin m'entraîne ;
« J'y soulage mes maux.
« Dans ce champêtre asile,
« Sous ces habits de deuil,
« J'attends l'hiver hostile
« Avec son blanc linceul. »

A ces mots, de ma vue
Il s'éloigne en pleurant...
Je me dis l'âme émue :
Je comprends maintenant
Pourquoi chaque poète
Nomme cette saison
Pâle, triste, muette ;
J'en connais la raison.

RÉPONSE.

IRZA, TES AMOURS, T'AIMERA TOUJOURS.

Air : *Dansez à quinze ans.*

Vous qui voyez celui que mon cœur aime,
Dites-lui bien que je languis d'amour ;
Que de le voir mon désir est extrême,
Que je soupire après un si beau jour.

X.

Puisqu'on s'est promis,
Jusqu'à notre heure dernière,

Toujours d'être amis,
Je ne romprai pas la première.
Ami, crois mon cœur,
Simple et non trompeur ;
Ne crois pas que du mariage
Je veux essayer l'esclavage.
Irza, tes amours,
Oui, t'aimera toujours.

Comme un clair ruisseau
Gazouille en caressant ses rives
Sa plainte au roseau,
Que j'aimais tes chansons naïves
Quand dans le vallon
Tu chantais mon nom.
Jamais mieux tourtereau fidèle
N'aima sa blanche tourterelle.
Irza, tes amours,
Oui, t'aimera toujours.]

Quand le doux printemps
Revenait fleurir la nature,
Tu courais aux champs
Cueillir des fleurs pour ma parure,
Pour en mettre, heureux,
Dans mes blonds cheveux,
En me disant : Ma bien-aimée
De leur parfum sois embaumée.
Irza, tes amours,
Oui, t'aimera toujours.

Tu disais encor :
« Irza, vois ces roses nouvelles
Les papillons d'or
Vont les caresser de leurs ailes.
Rose, à mon amour
Réponds en ce jour. »
Et des oiseaux dans le feuillage
Bien plus doux était le ramage.
Irza, tes amours,
Oui, t'aimera toujours.

Il ne peut venir
Ce jour, où regrettant peut-être
Un cher souvenir,
A ton Irza tu ferais naître
Des regrets sanglants
Et des pleurs brûlants ;
Car à mon cœur est ton image
Aussi chère qu'à ton jeune âge.
Irza, tes amours,
Oui, t'aimera toujours.

IRZA.

SPIRITISME.

AIR des Feuilles mortes.

Qu'entend-on dans les airs ? Quels mystères étranges ?
Sur notre globe étroit que va-t-il se passer ?

C'est comme un chant divin, comme un bruit de voix
On entend des esprits les ailes se froisser. [d'anges;
Sur notre humanité des voûtes éternelles
L'*Incréé* daigne enfin révéler ses desseins;
Et pour nous préparer aux croyances nouvelles
Il permet aux esprits d'instruire les humains.

Oui, les temps sont venus; tout un passé s'écroule,
Et pour nous va briller l'aube d'un nouveau jour.
Les anges, les esprits, en instruisant la foule,
Nous promettent un règne et de paix et d'amour.
Le spiritisme luit; ses vives étincelles
De notre terre obscure éclairent les chemins.
Et pour nous préparer aux croyances nouvelles
Dieu permet aux esprits d'instruire les humains.

Un fluide inconnu circule dans l'espace
Et donne le frisson aux cultes vermoulus;
C'est le glas d'un passé qui s'use et qui trépasse;
Du règne de l'erreur les jours sont révolus.
Ce n'est dans l'éther bleu que doux battements d'ai_
Des célestes concerts préludes bien certains. [les,
Et pour nous préparer aux croyances nouvelles,
Dieu permet aux esprits d'instruire les humains.

Ecoute, humanité, pour toi voici l'aurore
Où les cœurs transformés vont s'entendre soudain,
Où l'opulent heureux, qu'un sot orgueil dévore,
Pour l'honnête artisan n'aura plus de dédain.
Etends-toi sur le monde, ô charité si belle!
Peuples, fraternisez, et donnez-vous la main :

Car bientôt les rayons purs de la foi nouvelle
Eblouiront les yeux du pauvre genre humain.

LE POT D'EAU-DE-VIE.

SCÈNE VILLAGEOISE.

Air *de Waterloo.*

Dans sa course rapide,
Quand le soleil timide
A nos yeux se déride,
Et montre un nouvel an ;
Que de paroles fades,
Que de cerveaux malades
Et de fanfaronnades
Chez le gros paysan.

D'un grand pot d'eau-de-vie
Fritz se passe l'envie,
Et bien plus mort qu'en vie
Court au chœur en tout cas,
Mais il cède à l'ivresse,
Le ton de sa voix baisse,
Sur son livre il s'affaisse
Et tombe avec fracas.

On le sort de l'église ;
Le souffle de la bise
Lui fait passer sa crise ;
Il se dresse et tient bon.

Rond comme mes futailles,
Son corps bat les murailles
Et, suivi des canailles,
Il gagne sa maison...

Mais sa femme, en sa rage,
Fait un affreux tapage,
Puis lui saute au visage,
Et l'étend de son long ;
Comme une guêpe aigrie,
Cette affreuse furie
Le traîne à l'écurie
A grands coups de bâton !

Tandis que la famille
A pleurer s'égosille ,
La voisine babille
Et fait croire aux passants
Que chez Fritz on se tue,
Bientôt la foule émue
Sur la porte se rue
Jetant des cris perçants.

La cuisine est déserte
Mais l'écurie ouverte
Laisse croire à la perte
Du pauvre Fritz mourant :
L'énigme est dévoilée,
Sa femme échevelée
A donnée la *volée*
Et mis son Fritz en sang.

On l'arrête, on l'entraîne
Loin de l'horrible scène,
Puis on lui met la chaîne,
Quand survient Jean, son fils !
Au milieu du vacarme
Jean d'une hache s'arme,
Et pousse un cri d'alarme ;
Chacun fuit du logis.

Sa mère qui l'appelle,
D'un récit peu fidèle
Le remplit d'un faux zèle :
« Jean, dit-elle, ô mon Jean !
Ils ont tué ton père,
Ils ont frappé ta mère,
Arme-toi de colère,
Venge-nous, mon enfant !... »

Jean, d'une main tremblante,
Ote à la patiente
Sa chaîne flétrissante,
Puis l'air menaçant sort.
Pour avoir fait ripaille
Son père est sur la paille,
Meurtri de la bataille,
Etendu, demi-mort.

Comme un torrent qui roule
Jean tombe sur la foule,
Qui bientôt le refoule
Avec fourche et râteau.

On menace, on tempête,
On s'échauffe la tête,
La canaille s'apprête
A se prendre à la peau.

Dans ce sinistre orage,
Enfin tout le village
En deux camps se partage ;
Vanniers contre *vanniers !*
La police impuissante
Augmente la tourmente
Et la mort menaçante
Plane sur les guerriers...

Au début de son prône,
Le vieux curé s'étonne
Que chacun l'abandonne
Au cri d'alarme, au feu !
Et bientôt le grand nombre,
Effrayé de son ombre,
A la porte s'encombre
Et vide le saint lieu.

Au fort de la mêlée
Que de barbe enlevée
Est sous les pieds foulée ;
Jean est défiguré.
Dans un égal délire,
On s'accroche, on se tire,
Et chacun se déchire
Quand survient le curé.

Sur une haute table
Ce pasteur charitable,
D'une voix lamentable,
  paise les fureurs...
  our un pot d'eau-de-vie
  ette troupe abrutie
  aillit perdre la vie :
  sons peu des liqueurs.

LES GIROUETTES.

Air : *Il pleut, bergère.*

> L'âne eut jadis sa fête en France :
> Si ce bon temps-là revenait,
> A combien de gens d'importance
> On pourrait donner un bouquet.
>   X.

ans notre pauvre monde
  aré dans les cieux,
ue de malice abonde,
ue de sots orgueilleux !
  mbien d'hommes-mazettes
  salue en passant,
  mbien de girouettes
  urnant au moindre vent !

  rtout dans les campagnes,
  mme dans les cités,
  s hommes, leurs compagnes,
  uvent être achetés.

Soi-disant fortes-têtes,
Nobles, gueux ou savants,
Comme des girouettes
Tournent à tous les vents.

Voyez le pauvre E...
Croire, dans sa candeur,
Qu'il est un... habile
Exempt de toute erreur ;
Sa science incomplète
Le fait faillir souvent;
C'est une girouette
Qui tourne au moindre vent.

Quand Zoé vous assure,
D'un air modeste et doux,
Qu'elle est fidèle et sûre,
Qu'elle aime son époux ;
Riez de la coquette :
Elle est à tout venant ;
C'est une girouette
Qui tourne au moindre vent.

Le gros maître d'auberge,
D'un ton de sénateur,
Aux passants qu'il héberge
Narre un conte imposteur;
Pour remplir sa cassette
Il est C... content
C'est une girouette
Qui tourne au moindre vent.

En l'an mil huit cent trente,
En l'an quarante-huit,
La foule délirante
Changeait comme aujourd'hui.
Part Charle : on le regrette ;
Mais au soleil levant,
Comme la girouette
On tourne au moindre vent.

J'approuve Diogène,
Sa lanterne à la main,
Cherchant dans tout Athène
Un homme, mais en vain.
Cachez vos silhouettes,
Vos vices dégradants,
Mobiles girouettes
Qui tournez à tous vents.

LE FROID.

AIR : *Viens donc.*

La déesse Pomone
A quitté nos climats,
Voici la fin d'automne,
L'hiver et les frimas ;
Aux champs chacun renonce
Et revient sous son toit ;

Déjà tout nous annonce
    Le froid.

Plus d'oiseaux au bocage,
Plus de fleurs au vallon,
Et bientôt avec rage
Va souffler l'aquilon ;
Avec sa barbe blanche
Le sapin haut et droit
Sent posé sur sa branche
    Le froid.

Dans le bois solitaire,
Où je rêvais souvent,
Comme une âme, un mystère
Gémit, pleure le vent :
En tombant le feuillage
Nous crie avec effroi,
Dans son muet langage,
    Le froid.

Quand des prés la parure
Brille de boutons d'or ;
Qu'en tous lieux la nature
Etale son trésor,
Le cœur plein d'espérance
Et plus heureux qu'un roi,
Je nargue la souffrance,
    Le froid.

Mais lorsque sur nous passe
Un hiver rigoureux,

Que tout dort sous la glace,
Je plains le malheureux;
De l'affreuse misère
Quand il subit la loi
Je maudis en colère
    Le froid.

Colin, du mariage
Partisan entêté,
Prend fille jeune et sage,
Chef-d'œuvre de beauté;
Huit jours le bonheur daigne
Les rendre heureux de droit;
Maintenant chez eux règne
    Le froid.

Irza, notre tendresse
Ne craint pas les glaçons,
Pour toi, noble maîtresse,
J'ai toujours des chansons.
Brûlant comme la lave,
Notre amour qui s'accroît
De tous les hivers brave
    Le froid.

Partout le froid domine,
A Paris comme ailleurs;
Sous la bure et l'hermine
Il transit tous les cœurs.
L'amitié qu'un rien glace
Se sauve en désarroi,

Et partout la remplace
Le froid.

Je sens sous ma douillette
Que le froid s'est glissé ;
Car le feu du poète
Est au froid exposé ;
Je ne peux plus écrire,
J'ai le frisson au doigt,
Cessons.... vous pourriez dire :
C'est froid.

MON CENSEUR.

Air :

« Nous avons eu Collé, Panard, Piron,
« De la chanson gais et fervents apôtres,
« Piis, Brazier, Désaugiers et Laujon,
« Puis Béranger, qui valait bien les autres.
« Ils ont chanté les filles et le vin,
« Les prés, les bois, la gloire et la patrie ;
« Que pourras-tu glaner sur le chemin,
« Toi dont la muse est faible et sans génie?

« C'est vainement que tu bats les buissons :
« Ils ont des fleurs tous rempli leurs corbeilles.
« Pour le pays, l'amour, plus de chansons ;
« Pauvre frelon, le miel est aux abeilles.

« Que prendras-tu, dis, quand ils ont tout pris ?
« Laisse en un coin ton luth dormir tranquille,
« Tout ce qu'on peut penser ils l'ont écrit ;
« Ne rime plus, car c'est peine inutile.

« Tu ne peux pas, comme un gai Désaugier,
« Rire avec grâce et célébrer l'orgie ;
« Tu ne peux pas, comme le bon Brazier,
« De la beauté faire l'apologie.
« Mais suivras-tu l'immortel Béranger
« Dont les beaux vers ont mis un trône en poudre ?
« Tu ne feras pas de rois déloger :
« Ton vers sans feu ne peut lancer la foudre.

« Ne chante plus, pauvre petit pinson ;
« Voltige en paix sous ton mobile ombrage ;
« Nul ne fait cas de ta mince chanson,
« Le rossignol remplit seul le bocage.
« Quand tes refrains passent inaperçus,
« De la fauvette on chérit la romance ;
« Ami pinson, crois-moi, ne chante plus,
« N'imite pas des moineaux la démence.

« Quoi! beau censeur, tu voudrais qu'au printemps
« Tous les oiseaux gardassent le silence.
« Mais Dieu de tous écoute les accents
« Avec amour, plaisir et complaisance.
« Tous réunis ils forment des concerts
« D'une touchante et suave harmonie
« Pour célébrer le Dieu de l'univers,
« Dont la bonté pour tous est infinie.

« Comme l'oiseau, je veux aussi chanter
« Ce Dieu de qui j'ai reçu la lumière ;
« Cruel censeur, ma voix pour l'exalter
« N'a pas besoin du talent de Molière.
« Après Racine et Corneille et Boileau,
« Si l'on avait laissé dormir la plume,
« Nous n'aurions pas Lamartine et Hugo
« A qui l'on doit plus d'un charmant volume.

CONSEILS AUX JEUNES FILLES.

Air : *Viens dans ma nacelle.*

> Femmes, trève au martyre,
> Supprimons à tout prix
> Les maris ;
> Au sort je veux qu'on tire,
> Pour vos poupons, en tas
> Des papas.
> BÉRANGER.

Quittez vos mantilles,
Venez, jeunes filles,
Danser aux chansons,
Aimables, gentilles,
Avec les bons drilles
Soyez sans façons.

Jeunes enfants, jadis, toutes vos mères
Attesteront que je savais aimer ;
Car tour à tour elles me furent chères :
Ma gentillesse avait su les charmer.
Les champs, les prés, le verdoyant bocage

Gardent de nous plus d'un doux souvenir :
Aimez aussi, l'amour est du jeune âge ;
Les jours perdus ne peuvent revenir.

> Quittez vos mantilles,
> Venez, jeunes filles,
> Danser aux chansons ;
> Aimables, gentilles,
> Avec les bons drilles
> Soyez sans façons.

Bientôt le temps, de ses mains décharnées,
Ride le front, fait blanchir les cheveux ;
Profitez bien de vos belles années,
Fleurissez-les par l'amour et les jeux.
De vos mamans, enfants, suivez l'exemple,
Suivez leurs pas au chemin du plaisir ;
Le Dieu d'amour vous attend dans son temple,
Gardez-vous bien de tromper son désir.

> Quittez vos mantilles,
> Venez , jeunes filles,
> Danser aux chansons
> Aimables, gentilles,
> Avec les bons drilles
> Soyez sans façons.

Tout comme vous vos mamans furent belles,
Avaient l'œil vif, le teint frais, le front pur ;
Mais, las ! le temps a d'un coup de ses ailes
Terni leur teint, voilé leur œil d'azur.
O Joséphine, et toi, bouillante Hermance,
Que vos mamans avaient d'attraits puissants !

Mais vous avez leurs traits, eur élégance,
Aimez avant d'avoir les cheveux blancs.
> Quittez vos mantilles,
> Venez, jeunes filles,
> Danser aux chansons ;
> Aimables, gentilles,
> Avec les bons drilles
> Soyez sans façons.

Oui, mes enfants, vous vieillirez comme elles,
Vos cheveux blonds ou bruns s'argenteront ;
Et vos beaux yeux, aux perçantes prunelles,
Sous leurs longs cils un jour se terniront.
Suivez alors les conseils que vous donne
Un fou d'hier, mais sage d'aujourd'hui ;
Aimez, aimez, c'est le ciel qui l'ordonne,
N'attendez pas que la jeunesse ait fui.
> Quittez vos mantilles,
> Venez, jeunes filles,
> Danser aux chansons ;
> Aimables, gentilles,
> Avec les bons drilles
> Soyez sans façons.

C'EST UNE AUTRE AFFAIRE.

A CÉLESTIN GAUTHIER.

AIR : *La bonne aventure.*

Jusqu'à ce jour j'ai chanté
Le dieu de Cythère,

Les grâces et la beauté,
    A qui je sus plaire ;
A présent que mes cheveux
S'argentent, que j'suis boiteux,
    C'est une autre affaire
            O gué !
    C'est une autre affaire.

J'ai mangé le *saint frusquin*
    Qu'ma laissé mon père,
J'fais prendre l'même chemin
    A celui d'ma mère ;
J'sais vivre en épicurien,
Quant à m'ramasser du bien,
    C'est une autre affaire
            O gué !
    C'est une autre affaire.

C'est moi que d'tous ses amants
    Préférait Glycère,
Ell' prisait mes sentiments
    Et mon savoir-faire.
Mais depuis que je n'ai plus
Ni *saint frusquin* ni vertus,
    C'est une autre affaire
            O gué !
    C'est une autre affaire.

Jean Niaisot, que mes chansons
    Mettent en colère,
Les critiqu' sur tous les tons,
    Je le laisse faire ;

Mais qu'on dise à ce pédant
D'essayer d'en faire autant,
   C'est une autre affaire
     O gué !
   C'est une autre affaire.

Crépu quand je n'suis pas là
   Ne m'épargne guère,
Et dans la fureur qu'il a
   Crie et fait l'tonnerre;
Mais quand, au lieu d'être absent,
Je suis là, je suis présent,
   C'est une autre affaire
     O gué !
   C'est une autre affaire.

Paul sait le poids de mon poing
   Quand j'suis en colère,
Aussi ne cherche-t-il point
   A trop me déplaire.
Si d'cet homm', dit-il, on rit,
Son poignet d'fer vous meurtrit.
   C'est une autre affaire
     O gué !
   C'est une autre affaire.

Zoé sous l'œil d'son mari
   Prend un' mine austère,
Ell' lui dit : mon p'tit chéri,
   Embrasse ta monquaire;
Mais quand il n'est pas chez lui,

Si quelque ami vient sans bruit,
   C'est une autre affaire
      O gué !
   C'est une autre affaire.

Notr' curé, qui croit en Dieu
   Quand il est en chaire,
Nous condamne tous au feu,
   Nous livre à Cerbère ;
Mais qu'au lit l'attend' Suzon,
Qu' pour lui fume un sans-façon,
   C'est une autre affaire
      O gué !
   C'est une autre affaire.

Voyez la morgue de nos grands
   A l'humeur altière,
Fiers d'voir briller des rubans
   A leur boutonnière.
Mais tonne-t-il sur Paris
Qu' la frayeur les rend petits.
   C'est une autre affaire
      O gué !
   C'est une autre affaire.

J' broch'rais bien d'autres couplets
   Sur cette matière,
Mais assez comm' ça d'mal faits,
   Il vaut mieux me taire :
Si j'avais de Célestin

La verve et l'esprit badin,
C's'rait une autre affaire
O gué !
C's'rait une autre affaire.

MA PLAINTE.

DÉDIÉE A M. PIQUE-ASSIETTE ET A X... LE FOU.

AIR : *Dieu des bonnes gens.*

Il est un Dieu vengeur de l'innocence,
Son bras puissant confond les imposteurs.
Pour vous juger il saisit la balance,
Tremblez, cœurs bas, infâmes détracteurs.
Pauvres d'esprit, chéris de la fortune,
Riches de haine et d'orgueilleux dédain,
Pour assouvir une injuste rancune,
    Vous m'arrachez le pain.

Si j'avais pu de toutes vos méprises
Sanctionner, approuver les effets,
Voir par vos yeux, tolérer vos sottises,
Pour des vertus prendre tous vos méfaits ;
Si j'avais pu comme une girouette
A vos conseils, souple, tourner soudain,
Vous n'auriez pas sur moi fourni l'enquête
    Qui m'arrache le pain.

Je n'ai jamais commis le moindre crime,
Je suis exempt de vos vices honteux,
Vous estimez au fond votre victime,
Qui vous méprise, infirmes souffreteux.
Sur vos grabats vous payez vos fredaines,
Mon corps n'est pas celui d'un libertin,
Ah ! rougissez, vils auteurs de mes peines,
    Qui m'arrachez le pain.

Oui, malgré moi je souris quand je songe
Combien vos cœurs sont étroits et mesquins ;
Votre triomphe est le fruit du mensonge,
Soyez-en fiers, risibles mannequins ;
Mais gare à vous : Des traits de la satire
Je vais m'armer, car je suis né malin ;
A vos dépens, messieurs, je ferai rire
    En attendant du pain.

La calomnie est une de vos armes
Quand on combat votre esprit tracassier ;
Mais devant Dieu vous répondrez des larmes
Dont vous avez humecté mon foyer.
Vous le voyez, Dieu, du haut de son trône,
Déjà sur vous étend son bras vengeur ;
Sans fiel au cœur, méchants, je vous pardonne
    D'avoir fait mon malheur.

DÉSILLUSIONS.

Air :

> Tout paraît terne lorsqu'une
> grande passion vient de se briser ;
> la vie n'a plus d'horizons.
>
> S.

Adieu, douce espérance,
Vives émotions,
Rêves d'or de l'enfance,
Chères illusions !
Mon ciel se décolore,
J'aperçois un point noir
A l'horizon éclore
Pour assombrir mon soir.

Avec le chœur des anges,
Père de l'univers,
Je mêle à tes louanges
L'accent de mes revers.

Les écueils de ma route
Sèment mes jours d'ennuis,
Mon âme en proie au doute
N'a plus de bonnes nuits ;
Dans mon ciel en colère
L'orage est survenu,
Hé ! vogue, ma galère,
Vers un bord inconnu.

Avec le chœur des anges,
Père de l'univers,
Je mêle à tes louanges
L'accent de mes revers.

Je maudis cette terre,
Bord triste et désolé,
Où l'homme en sa misère
Végète en exilé.
Mais à travers son voile
J'aperçois le ciel bleu,
Et vois briller l'étoile
Où doit me placer Dieu.

Avec le chœur des anges,
Père de l'univers,
Je mêle à tes louanges
L'accent de mes revers.

EXTASE.

Air *du Pasteur*.

> En face d'une nature grandiose,
> on se sent plus près de Dieu.
>
> P.

Imposante nature,
Rochers audacieux,
Dont la noble structure
S'élève jusqu'aux cieux ;
Souffle, céleste flamme,
Divins travaux de Dieu,

Que ma voix vous proclame
En tout temps en tout lieu.

Faible, je m'humilie
Devant votre grandeur,
Ma pauvre âme se plie
Devant tant de splendeur ;
Fontaines jaillissantes,
Aux bonds impétueux,
J'aime vos voix puissantes,
Vos flots tumultueux.

Salut à vous ! bois sombres,
Où chantent mille voix,
Hauts pitons dont les ombres
Descendent sur nos toits !
Grandiose et sauvage
J'aime l'orgueilleux mont
Qui va dans le nuage
Cacher son noble front.

Brouillards courant aux cimes,
Gais concerts des oiseaux,
Insondables abîmes,
Gras et nombreux troupeaux,
Effrayantes tourmentes,
Bois, antres ténébreux,
Cascades écumantes,
Tout est majestueux.

Adieu, belles campagnes
De mon pays natal !
Je rencontre aux montagnes

Le suave idéal
Que depuis ma naissance
Dans mon cœur j'ai rêvé ;
Dieu, sublime puissance,
Enfin, je t'ai trouvé.

LE PRINTEMPS.

Air de la *Chevalerie.*

L'hiver a peur des violettes,
    Car il les fuit,
Et du beau chant des alouettes
    Qui le poursuit.
Laissons venir les hirondelles
    Revoir nos champs,
Qui nous apportent sur leurs ailes
    Le doux printemps.

Salut ! palais fleuris où Flore
    Fait son séjour,
Enchantez l'objet que j'adore
    De mon amour ;
Cueille la rose, ô ma bergère,
    Bien en son temps ;
Et viens danser sur la fougère,
    Dans le printemps.

Oh ! combien j'aime l'onde pure
    Des clairs ruisseaux,
Réfléchissant de la nature
    Les traits si beaux !

Imitez le zéphir volage,
Tendres amants ;
A chaque fleur il rend hommage,
Dans le printemps.

Riche saison où l'on moissonne,
Tu plais bien moins
Que celle où le cœur s'abandonne,
Libre de soins ;
Entre les bras de son amante,
Dès les quinze ans.
Ah ! combien la vie est charmante
Dans le printemps.

Béni soit Dieu qui m'a fait naître
Dans un hameau,
Où pour vivre heureux je suis maître
De mon troupeau.
De l'automne aimez les richesses,
Gens mécontents ;
Moi j'aime à jouir des promesses
D'un beau printemps.

A CÉLINIE D...

AIR *du Derviche.*

Toi dont la touchante lyre,
Sans efforts,
Met tous les cœurs en délire,
Charme-nous par ses accords.

Divine Célinie,
Que de flots d'harmonie
Coulent de tes doux chants !
Que dans ton saint délire
Tu fais rendre à ta lyre
De sons purs et touchants !

Oh ! que j'aime ton rêve
Où ton vers plein de séve
Vibre sonore et doux ;
De ta Lina jolie
Que j'aime la folie,
Le sublime courroux !

Que j'aime la tournure
Et l'élégante allure
De ton vers sémillant !
Muse, à Sapho pareille,
Tu charmes mon oreille
Par ton style brillant.

Oui, tu remplis mon âme
D'une céleste flamme,
Tu fais bondir mon cœur ;
Quand dans mes monts je chante
Ton couplet qui m'enchante,
Je m'oublie au bonheur.

Au temple de mémoire
Te conduira la Gloire,
Muse, aux divins accords
Tu n'as de ton génie

Qu'à presser, Célinic,
Les flexibles ressorts.

De loin ma voix sincère
Dans ta noble carrière,
Muse, t'applaudira ;
Et lorsque je t'admire
Je peux bien de le dire
Sans blesser mon Irza.

RESTE FILLE TOUJOURS.

A MADEMOISELLE LÉONIE V...

AIR : *Dans ma gondole.*

Charmante Léonie,
Tu veux une chanson ;
Si j'étais du génie
Un heureux nourrisson,
J'accorderais ma lyre
Et je te chanterais ;
Je peindrais tes attraits
Et ton divin sourire.
Pour couler d'heureux jours
Reste fille toujours.

Rêves-tu, jeune fille,
Un jeune et riche époux,
Avec lui la famille
Dansant sur tes genoux ?
Enfant, garde ton rêve,

Idéal enchanté ;
Car la réalité
Est triste, ô fille d'Eve!
Pour couler d'heureux jours
Reste fille toujours.

De notre sombre vie
Embellis le chemin ;
Ton cœur, exempt d'envie,
Plaindra le genre humain.
Toujours indépendante,
Comme l'oiseau des champs,
Qu'en suaves accents
Ton âme vers Dieu chante.
Pour couler d'heureux jour
Reste fille toujours.

Vierge, au port plein de charmes,
Au cœur plein de bonté,
Pour t'épargner des larmes
Garde ta volonté.
Tu le sais, l'esclavage
Est partout en horreur,
Cherche ailleurs le bonheur
Que dans le mariage.
Pour couler d'heureux jours
Reste fille toujours.

Dans l'amitié sincère
Place tes sentiments,
Au-dessus du vulgaire

Méprise les amants ;
Car leurs cajoleries,
Tous leurs propos flatteurs,
Leurs serments, leurs fadeurs
Sont des supercheries.
Pour couler d'heureux jours
Reste fille toujours.

Reste libre et joyeuse,
Ne t'enchaîne jamais ;
Tranquille, insoucieuse,
Laisse ton âme en paix.
Bonne et toujours aimable,
Tu te verras chérir,
Et pour te voir bénir
Sois un peu charitable.
Pour couler d'heureux jours
Reste fille toujours.

MON LUTIN.

A IRZA.

AIR : *Il pleut, bergère.*

Par tes grâces charmantes,
Ta candeur, ta gaîté,
Tu m'enivres, m'enchantes
D'amour, de volupté ;
Ton regard de pervenche,

Ton cœur libre de fiel,
Ton front pur, ta main blanche
Me font rêver du ciel.

Mon petit lutin rose,
J'aime ton air boudeur,
Voir sur ta lèvre close
Courir un ris moqueur;
Oui, quand tu me taquines,
Pour un péché véniel,
Tes lèvres purpurines
Me font rêver du ciel.

Ta blonde chevelure,
Qui flotte au gré du vent;
Ta légère parure,
Qui se froisse en courant;
Tes longs repos sur l'herbe,
Ton esprit d'Ithuriel,
Bras rond, jambe superbe,
Me font rêver du ciel.

Beau lutin, que je t'aime!
Tu remplis tout mon cœur;
Cher trésor, bien suprême,
Viens combler mon bonheur.
Les flots de ta tendresse,
Tes paroles de miel,
Me plongent dans l'ivresse,
Me font rêver du ciel.

TE VOIR EST MON BONHEUR.

A MADEMOISELLE LÉONIE V...

AIR : *Dans ma gondole.*

Lorsqu'avec moi tu causes,
Combien mon œil au tien
Dit de sublimes choses,
Dans leur doux entretien !
Il lui dit que l'Aurore
A moins que toi d'appas,
Que l'Amour sur tes pas
Vole épris et t'adore.

Noble et suave fleur,
Te voir est mon bonheur.

Il lui dit que ta bouche
Est le nid des amours ;
Que ton beau sein le touche,
Par ses divins contours ;
Que ton port de gazelle,
Ton air de majesté,
Otent la liberté
Au cœur le plus rebelle.

Noble et suave fleur,
Te voir est mon bonheur.

Il lui dit, Léonie,
Qu'en toi tout est beauté,
Esprit, grâce, harmonie,
Douceur, sincérité.
Cher trésor qu'on envie,
Puisses-tu d'heureux jours
Voir parsemer le cours
Épineux de la vie.

Noble et suave fleur,
Te voir est mon bonheur.

A UN AMI

QUI VENAIT DE PERDRE UNE JAMBE.

AIR: *Pourquoi me fuir, passagère hirondelle?*

1851.

Quoi ! le chagrin consume ta jeunesse,
Ta vie, hélas! s'éteint dans les douleurs;
Sur ton visage est peinte la tristesse,
Ici pour toi n'est-il plus de douceurs?

De ton esprit bannis l'inquiétude,
Livre ton âme aux plaisirs, aux amours;
Quitte au plus tôt, quitte la solitude;
Viens profiter du soleil des beaux jours.

L'ombre des bois, les fleurs de la prairie,
Et les oiseaux t'appellent à grands cris;

Viens avec nous fouler l'herbe fleurie,
Viens dans les bois égayer tes esprits.

Viens avec nous admirer la campagne,
D'un ciel d'azur viens enivrer tes yeux ;
Voir avec nous forêt, vallon, montagne,
T'asseoir aux bords des ruisseaux sourcilleux.

Ne livre point à la mélancolie
Un cœur aimant qui doit être aux plaisirs ;
Le désespoir est un trait de folie,
Qui sèche en nous le germe des désirs.

Ne pense point au malheur qui t'accable,
Ne repais pas ton cœur d'un noir chagrin :
Mon pauvre ami, n'es-tu pas raisonnable ?
Prends ton parti, tel était ton destin.

Ne livre pas au flot inévitable
Le faible esquif qui te conduit au port ;
Ami, ton sort est encor supportable,
Ne songe pas à quitter notre bord.

Tant qu'il se peut, retenons la nacelle
Qui nous conduit sur le fleuve du temps ;
Chantons encore à la saison nouvelle,
Aimons toujours au retour du printemps.

A MADAME HERMINIE ROCHET.

AIR des *Feuilles mortes.*

Hélas ! pourquoi rester dans une incertitude
Eternelle, et cacher de mon cœur les transports ?
Rien ne me sourit plus, partout l'inquiétude
M'accompagne et me suit; je souffre mille morts ;
Il me faudrait de vous pour vivre un doux sourire,
Ne le refusez pas; donnez-moi votre cœur.
Inspiré par l'amour, qu'un jour je puisse dire :
En la trouvant, mon âme a trouvé le bonheur.

A QUOI PENSES-TU?

A MONSIEUR PERRET DE GERMIGNEY.

AIR: *Laissez les roses aux rosiers.*

Veux-tu me dire, ô Marguerite !
Quel noir chagrin rougit tes yeux ?
Quel mal t'inquiète et t'agite,
Rend ton front d'ange soucieux ?
Près de toi je vois ta faucille,
Ton œil paraît triste, abattu,
La main sur ton cœur, jeune fille,
Jeune fille, à quoi penses-tu ?

Qu'attends-tu sur ce banc de mousse ?
Est-ce un amant qui ne vient pas ?
Par les sanglots de ta voix douce,
Tu l'appelles sans doute, hélas !
Va, retourne dans ta famille,
N'as-tu pas assez combattu ?
La main sur ton cœur, jeune fille,
Jeune fille, à quoi penses-tu?

Puis, enfin, pauvre délaissée,
Pourquoi ton joli pied distrait
Écrase-t-il cette pensée,
Qui cependant ne t'a rien fait?
La fleur que ton pied éparpille
Offensa-t-elle ta vertu ?
La main sur ton cœur, jeune fille,
Jeune fille, à quoi penses-tu ?

Soudain le tambour du village
Rassemble nos joyeux conscrits,
Tu tournes ton charmant visage
Du côté d'où partent les cris;
A tes cils une larme brille,
Je comprends pourquoi tu pleurais.
Oh ! ne me dis rien, jeune fille,
Je sais bien à quoi tu pensais.

Félix Boilley.

LE RAMIER.

A IRZA.

Air d'*Octavie.*

Hier au soir, au mur de ta fenêtre,
Ton doux ramier soupirait fatigué,
Des chants d'amour que tu devais connaître,
Et qui t'auraient dû rendre le cœur gai.

Qu'espérait-il pour prix de sa tendresse?
Un doux sourire, un regard de tes yeux,
Un mot rapide, une chère caresse,
Puis, au départ, un baiser gracieux.

D eton jardin si quelque fleur chérie
Te demandait un peu d'eau pour fleurir,
Si, languissant au bord d'une prairie,
Un malheureux était à secourir;

De toi la fleur aurait l'eau bienfaisante,
Au malheureux on te verrait courir,
Il sourirait à ta voix consolante,
Et ton ramier tu le laisses souffrir!...

Le vent du nord s'engouffrait sous ses plumes,
Et mort de froid il attendait en vain,
Pour compenser ses longues amertumes,
Un doux regard, un signe de ta main.

Mais, las ! tranquille assise dans ta chambre,
L'oreille sourde à son triste soupir,
Tu laissais seul, sous un vent de décembre,
Ton cher ramier soupirer et gémir.

Enfin, lassé de ton indifférence,
Il tourna l'aile au nid du colombier,
Et regagna, brisé par la souffrance,
Le toit chéri de son humble foyer.

Le lendemain, quand la naissante aurore
Vint du matin les portes entr'ouvrir,
Ton doux ramier, que sa constance honore,
Avait cessé pour jamais de souffrir.

A LÉONIE.

AIR de *Malvina.*

Pourquoi votre regard me va-t-il jusqu'à l'âme,
Et comme un trait de feu me perce-t-il le cœur?
J'ai vu d'autres regards et d'autres yeux de femme,
    Mais nuls n'avaient tant de douceur.

Je voudrais l'oublier, car il trouble ma vie,
Mais en rêve les nuits je le revois si doux
Qu'en vain je l'essaîrais; alors, fille chérie,
    Tremblant je tombe à vos genoux.

Oui, je me reconnais de ce regard esclave :
Il donne tant de charme et de grâce à vos traits!

Il est mélancolique, enchanteur et suave ;
   Pour plaire il a tous les attraits.

Sur moi déjà deux fois il est tombé si tendre
Que depuis dans mon âme il est resté gravé ;
Et ce timbre de voix, qu'aucun mot ne peut rendre,
   Nulle part je ne l'ai trouvé.

Pourquoi, durant la nuit, vous vois-je dans mon rêve
Comme un astre éclatant de gloire et de splendeur ?
Et me crois-je en vos bras, aimable fille d'Ève,
   Comme pend l'abeille à la fleur ?

Oh ! que j'aime les traits divins de votre image !
L'innocence et l'amour les ont sanctifiés.
Que ne puis-je autrement vous offrir mon hommage
   Et passer mes jours à vos pieds !

SI TU LA VOIS.

Air :

Sylphide, hélas ! si tu la vois, dis-lui,
Oh ! dis-lui bien que je l'aime et l'adore ;
Que je la pleure et le jour et la nuit,
Qu'elle a mon cœur, mon âme et mieux encore !

J'errais sans but un soir dans un bois sombre,
En me berçant d'un touchant souvenir,

Le cœur brisé par des chagrins sans nombre,
Cherchant en vain à sonder l'avenir,
Quand près de moi, dans l'ombre ensevelie,
Une sylphide articula ces mots :
« Je vais bientôt revoir ton Amélie,
« Qu'un mot de toi soit un baume à ses maux. »

Sylphide, hélas! si tu la vois, dis-lui,
Oh! dis-lui bien que je l'aime et l'adore;
Que je la pleure et le jour et la nuit,
Qu'elle a mon cœur, mon âme et mieux encore!

« Je lui dirai que sous l'antique dôme,
« Séjour chéri des sylphes radieux,
« Tu vas errant comme un pâle fantôme
« En maudissant le destin et les dieux ;
« Les bras ouverts pour saisir son image
« Et murmurant des mots qu'on n'entend pas,
« Je te rencontre au fond d'un bois sauvage
« Où plein d'amour tu diriges tes pas. »

Sylphide, hélas! si tu la vois, dis-lui,
Oh! dis-lui bien que je l'aime et l'adore;
Que je la pleure et le jour et la nuit,
Qu'elle a mon cœur, mon âme et mieux encore !

« J'ajouterai qu'éperdu sur la rive
« Tu fais gémir les échos d'alentour;
« Que toujours seul ta voix douce et plaintive
« N'a plus de chants d'espérance et d'amour;
« Et que ta vie au printemps embellie

« Par un ciel pur est veuve d'horizons,
« Que ton bonheur, en perdant Amélie,
« S'est envolé comme de légers sons. »

Sylphide, hélas ! si tu la vois, dis-lui,
Oh ! dis-lui bien que je l'aime et l'adore ;
Que je la pleure et le jour et la nuit,
Qu'elle a mon cœur, mon âme et mieux encore !

DON DE SON CŒUR A MARIE.

CANTIQUE.

Air des *Feuilles mortes.*

1849.

Prends mon cœur, le voilà, Vierge, ma bonne mère,
C'est pour s'y reposer qu'il a recours à toi ;
Il est las d'écouter les vains bruits de la terre,
Ta secrète parole est si douce pour moi !
J'aime tant de ton front la couronne immortelle,
Ton sourire si doux, ton regard maternel !
Mère, plus je te vois, plus je te trouve belle
Et je viens déposer mon cœur sur ton autel.

Tu sais mon inconstance, hâte-toi de le prendre :
Peut-être que ce soir il ne sera plus mien ;
Il me faudrait pleurer pour me le faire rendre.
Oh ! cache-le bien vite enfermé dans le tien !

Et puis si quelquefois je te le redemande,
Non ! ne me le rends plus ; mais dis-moi dès ce jour,
Dis-moi que tu ne peux accueillir ma demande,
Que je te l'ai donné, qu'il est tien sans retour.

Rends-moi pur à tes yeux, donne-moi l'innocence,
Un bon cœur pour t'aimer et ton sein pour dormir,
La foi, la charité, la sublime espérance,
Tes vertus ici-bas.... un beau jour pour mourir !
Quand mes yeux obscurcis baisseront vers la tombe,
Quand ma lèvre aura bu le calice de fiel,
Donne-moi pour voler des ailes de colombe
Et viens me recevoir à la porte du ciel.

IMPROMPTU

CHANTÉ A MON AMI ENNEMOND PEYTEL DANS UNE RÉUNION.

Air : *Vaudeville de Taconnet.*

Du bon Peytel, messieurs, voici l'histoire.
C'est un viveur, un franc et bon garçon ;
Il aime à rire, à rigoler, à boire,
Nul mieux que lui ne chante une chanson.
Son joyeux rire et sa bonne figure
A ses amis donnent de la gaîté :
C'est un enfant gâté de la nature,
Dont le front pur exprime la bonté.

Quand parmi nous il vient prendre sa place,
Il sait si bien charmer et divertir,
Qu'on est toujours joyeux et, quoi qu'on fasse,
Autour de nous se glisse le plaisir.
Electrisés par sa gaîté charmante,
Nous répétons tous en chœur ses refrains,
Et quand finit sa romance charmante,
Avec transports nous claquons dans nos mains.

Que parmi nous le destin te conserve,
Cher Ennemond, qui nous divertis tous!
Accoutumés aux élans de ta verve,
Ami, sans toi que deviendrions-nous?
Ta large main quand notre main la presse,
Si loin de nous s'envole le chagrin!
Ta belle humeur nous met dans l'allégresse;
Ah! sois toujours notre gai boute-en-train!

FIN.

Imprimé par Charles Noblet, rue Soufflot, 18.

www.ingramcontent.com/pod-product-compliance
Ingram Content Group UK Ltd.
Pitfield, Milton Keynes, MK11 3LW, UK
UKHW022249120726
13694UKWH00003B/1009